Number Seven
넘버세븐

FANTASY FRONTIER SPIRIT

이모탈 판타지 장편 소설

넘버세븐 8

이모탈 판타지 장편 소설

초판 1쇄 찍은 날 § 2014년 4월 21일
초판 1쇄 펴낸 날 § 2014년 4월 28일

지은이 § 이모탈
펴낸이 § 서경석

편집부장 § 권태완
편집책임 § 정수경

펴낸곳 § 도서출판 청어람
등록번호 § 제1081-1-89호
등록일자 § 1999. 5. 31
어람번호 § 제1-1836호

주소 § 경기도 부천시 원미구 심곡2동 163-2 서경B/D 3F (우) 420-822
전화 § 032-656-4452 팩스 § 032-656-4453
http://www.chungeoram.com
E-mail § chungeorambook@daum.net

ⓒ 이모탈, 2013

ISBN 979-11-5681-994-3 04810
ISBN 978-89-251-3516-8 (세트)

이모탈 판타지 장편 소설

Number Seven

F A N T A S Y   F R O N T I E R   S P I R I T

넘버세븐

CONTENTS

Chapter 1   7

Chapter 2   45

Chapter 3   83

Chapter 4   119

Chapter 5   157

Chapter 6   193

Chapter 7   229

Chapter 8   265

Chapter 01

"도대체 왜?"

의문스러운 얼굴. 혹은 당황스러운 목소리로 제논을 바라보며 묻는 클라렌스였다. 이해할 수 없다는 그녀의 얼굴이었다. 굳이 그럴 필요가 없음에도 제논은 위험을 자초하고 나선 것이었다.

겨우 1년이지만 그 짧은 1년이라는 시간도 활용하기 나름이었다. 지금의 패트리아스 백작 영지의 역량이면 1년이라는 시간은 결코 짧은 시간이 아니었으니 말이다.

그것을 가장 잘 알고 있는 것은 클라렌스가 아닌 바로 제논 패트리아스 당사자였다. 그러함에도 불구하고 그는 모험을 선택했다. 그래서 더욱더 이해할 수 없는 클라렌스였다.

물론, 제논이 강하다는 것은 안다. 8서클의 현자인 자신조차도 어찌 할 수 없는 그런 절대 강자임은 분명했다. 하나, 한 손으로 열 손을 감당할 수 없는 것은 불멸의 진리임은 분명했다.

"클라렌스……."

그때 뒷짐을 진채 거대한 창문 밖을 내다보고 있던 제논이 뒷짐을 풀고 몸을 돌려 클라렌스를 바라보았다.

"내 느낌에 이번 나의 복수는 단지 헤밀턴 공작가문이나 혹은 오브레임 후작 가문을 멸문시킨다고 해서 끝이 날 일이 아니라는 생각이 든다."

"그……."

제논의 말에 클라렌스는 무슨 말을 하려다 입을 닫았다. 그녀는 멍청하지 않았다. 아니, 그녀는 이 세계에서 그 누구도 따를 수 없을 정도 현명하고 냉철했다.

그러한 그녀가 제논의 말을 이해하지 못한다면 이상한 일이라 할 수 있었다. 지혜롭고 현명한 것을 떠나 그녀가 오히려 제논보다 더 깊숙하게 개입하고 있기 때문이라 할 수 있었다.

제논의 입에서 흘러나온 헤밀턴 공작 가문은 자신이 태어난 곳이고 오브레임 후작 가문은 자신의 언니가 살아가는 곳이었다. 그리고 그녀는 그들의 모든 것을 처음부터 끝까지 꿰뚫고 있었다.

그들의 본질은 유사 인종이자 밤의 일족인 뱀파이어였다. 그리고 그들을 따르는 수많은 귀족 역시 뱀파이어로 전향되었고, 수많은 기사가 라이칸 슬로프로 스스로 인간이기를 포기했다.

그리고 분명한 것은 밤의 일족과 달의 일족 시초가 결코 코린 왕국이 아니라는 것이었다. 그들이 속한 밤의 왕국은 따로 있었다. 귀족의 대부분이 어둠 속에 살아가는 곳.

어쩌면 이것은 시작일지도 몰랐다. 그것은 오로지 제논과 클라렌스만 알고 있었다. 나머지 인원들은 그저 대략적인 상황을 알뿐, 그 근원을 파고들지는 못하고 있으니 말이다.

"아마도 본격적으로 전쟁이 시작되면 우리를 배신하는 이들이 또 있을 것이다."

"……."

클라렌스는 말이 없었다. 밤의 일족이나 달의 일족은 인간을 사라지게 하지 않는다. 왜냐하면 그들의 힘의 근원은 바로 인간이었다.

인간이 존속해야만 자신들도 존속할 수 있기 때문일 것이다. 지금 제논의 말에는 비록 밤의 일족이나 달의 일족이 되지는 않았으나 그들에게 포섭된 이가 있을 것임을 의미한다.

여기서 포섭이란 바로 정신적인 면을 말함이다. 그들은 인간들과 비교하여 월등한 정신력을 가지고 있다. 월등한 신체조건과 마법에 뛰어난 조예를 지니고 있다.

"정신 조작을 말하는 것인가요?"

"그들은 이미 오래전부터 코린 왕국에 침투해 있었으니까. 그들이 힘을 드러낸 것은 불과 30년 전 본 가문의 멸문에서부터였겠지만 말이야."

제논의 말에 클라렌스의 눈에는 진한 아픔이 나타났다 사라졌다. 패트리아스 가문의 멸문은 단순히 귀족파와 국왕파 사이에서 벌어진 정쟁이 아닌 바로 밤의 일족이 코린 왕국의 전면에 나선 일이었으니까.

그리고 만약 당시의 패트리아스 백작이 밤의 일족이나 달의 일족에 대한 것을 알지 못했더라면 결코 패트리아스 백작 가문은 멸문하지 않았을 것이라는 것을 알기에.

"결국… 그들과도 전쟁을 해야만 하는 것이로군요."

"그래. 그래서 그들을 끌어들이기 위해서, 어둠 속에서 밝은 곳으로 끌어내기 위해서 그만한 자신감을 심어줄 필요가 있었던 것이지. 이제는 코린 왕국도 그들의 손에 들어갔음을 확인시켜 줄 필요가 있었던 게지."

"하지만 너무 빨라요."

클라렌스의 말에 고개를 끄덕이는 제논이었다. 그도 알고 있었다. 너무 빠르다는 것을. 아직 준비가 되어 있지 않다는 것을. 하지만 어쩔 수 없었다. 그들은 은밀하게 이미 코린 왕국 전체를 그들의 그림자 아래로 복속시키고 있었으니 말이다.

결단을 내려야만 했다. 그들의 세력이 더 커지기 전에 모든 것을 원점으로 돌려야만 했다. 처음엔 그저 복수를 하려 했다. 하나, 지금은 모든 것이 자신만의 복수로 끝날 것 같지 않았다.

어쩌면 이것을 계기로 인간은 그들의 노예로 전락할 수도 있었다. 그들에게 아부하는 이들만 귀족 혹은 그들의 눈치를 보며 살아남고, 인간이 가져야 할 당연한 모든 것을 빼앗길지도 몰랐다.

그러하기에 제논의 마음은 지금 상당히 다급해지고 있었다. 그렇다고 그 모든 것을 자신의 행동에 동조하는 모든 이들에게 알릴 수도 없었다. 인간이란 너무나도 큰 충격에는 쉽게 적응하지 못하고 무서움에 떨어 구석진 곳으로 피하려 하는 본능이 있기 때문에.

"하지만 늦어지면 늦어질수록 우리가 우리의 후대가 살아가야 할 곳을 회복하기는 힘들어지겠지."

제논의 말에 화들짝 놀라는 클라렌스였다. 그녀 역시 제논의 모든 역량은 복수에 맞추어져 있다고 생각했다. 하지만 지금 제논의 입에서 흘러나온 말은 결코 개인적인 원한에 국한된 것이 아니었다.

그는 후대를 생각하고 있었다. 지금 당장 자신이 어떻게 평가될 것을 걱정하는 것이 아닌 후대를 살아갈 이들을 생각하고 있는 것이었다. 그의 말마따나 이대로 진행된다면 아마도 후대는 인간이되 인간이 아닌 존재로 살아갈 것이다.

바로 밤의 일족의 노예로.

"서둘러야… 하겠군요."

기어코 클라렌스의 입에서 제논의 행동과 생각에 동조하는 말이 흘러나왔을 때 제논은 살짝 웃음을 지어 보였다. 그리고 아주 미약하게 고개를 주억거리며 그녀의 곁을 스쳐 지나갔다.

"언제나 내게 힘이 되어주어서 고맙다."

마치 속삭이듯이 나직한 제논의 음성이었으나 클라렌스의 귓가에는 천둥처럼 크게 들려왔다. 제논의 신형이 그의 집무실에서 사라졌다. 그녀는 제논이 사라진 방향을 그저 지그시 응시하며 그녀의 붉은 입술이 미약하게 움직였다.

"고마워해야 할 사람은 오히려 나 같군요. 아니, 나뿐만 아니라 단지 자신의 사적인 욕심으로 치부한 채 세상의 어둠과 싸우려 하는 오라버니를 오해하는 모든 이들이 고마워해야지요."

클라렌스의 말대로 세상은 제논을 복수에 미친 사람으로 알고 있었다. 귀족들 역시 그리 알고 있었고, 귀족들의 영지에 사는 영지민들이 그러했다. 그러하기에 지금 패트리아스 백작 영지에 몸담고 있는 이들을 제외하고는 그에 대해서 제대로 알고 있는 이들은 없었다.

물론, 제논과 함께하기로 한 이들 모두가 그를 잘 알고 있다고 할 수는 없었다. 어디까지나 정략적으로 서로의 이득에 의해서 뭉친 이들 역시 다수이니까 말이다.

그러함에도 제논은 누가 알아주지 않음에도 자신이 가고자 하는 길을 가려 하고 있었다. 스스로 영웅이 아니라 하고, 스스로 복수를 위해 살아온 삶이라 하면서 말이다.

한참을 그렇게 혼자만의 생각에 깊이 잠겨 있던 클라렌스가 마침에 눈을 상큼하게 치켜뜨며 나직하게 입을 열었다.

"좋지 아니한가? 내 의사로 결정하고 내 의지대로 행함에 어찌 후회가 있을 것인가? 내 삶을 찾아준 것에 보은이라 해도 좋고, 아니면 과거의 연민이 이제는 알 수 없는 미묘한 감정이 되어 그 감정을 따라 간다 해도 좋다.

사내로 태어났던 여인으로 태어났든 이 세상을 위해 한 목숨 불사를 수 있다면 그 또한 좋지 않은가 말이다. 이것 또한 선택이라 한다면 클라렌스는 단호하게 답을 할 수 있었다.

"오라버니에게 고맙다는 말을 한 번 더 듣고 싶군요."

그렇게 나직하게 스스로에게 다짐을 하듯 말을 한 클라렌스 역시 신형을 돌려 제논이 떠나 조용하기만 집무실을 벗어나고 있었다. 둘이 떠난 집무실은 다시 적막 속으로 잠겨 들었다.

* * *

또다시 거대한 충격파가 코린 왕국을 강타했다. 그리고 그 거대한 충격파의 진원지는 바로 왕국의 모든 귀족의 눈과 귀가 집중되어 있는 패트리아스 백작 가문에서였다.

패트리아스 백작 가문에 호의적인 태도로 기존의 귀족들로부터 백작 가문을 보호하는 명을 내렸던 코린 왕국의 국왕은 어느 날 갑자기 그 모든 명을 거두어들였다.

3년 유예 기간을 두었던 영지전 금지를 거두어들였으며, 10년간 세금을 면제시켰던 것을 백지화시켰고, 백작의 적응을 돕기 위하여 패트리아스 백작 가문에 파견되었던 행정 관료와 치안을 담당하도록 파견되었던 기사들과 병력을 귀환시켰다.

또다시 세인의 귀추가 패트리아스 백작 가문으로 향했다.

그리고 호기심 어린 귀족들과 세인들의 궁금증을 충족이라도 시켜주듯이 패트리아스 가문을 둘러싼 세 개의 영지와 그들을 지원하는 귀족 연합에서 영지전을 신청하기에 이르렀다.

완전히 밀어버리겠다는 확고한 의지일 것이다. 그들의 목적은 오로지 패트리아스 백작 가문이었다. 그가 이끄는 동북부 귀족 연합이라는 것은 그가 없어지면 바닷가에 쌓아놓은 모래성처럼 허물어질 것이 분명하기 때문이었다.

"람페두사의 코서 백작과 그를 따르는 귀족 20명, 몰타의 두에르스트 백작 외 12명, 산드라고사의 랜디 백작 외 15명의 귀족이 패트리아스 백작에게 영지전을 신청했소."

누군가의 목소리.

아니, 이제는 동북부 귀족 연합의 군사장으로 확실하게 자리 잡은 드라기 백작의 말이었다. 지금 패트리아스 백작 가문의 대회의실에는 동북부 귀족 연합에 속한 모든 이들이 모여 있었다.

"여기서 중요한 것은 그 영지전이란 것이 오로지 동북부 귀족 연합의 연합장인 패트리아스 백작에게만 신청된 영지전이라는 것이오."

"하아~"

"어찌 그런……."

대회의실에 앉아 있던 모든 귀족과 기사의 얼굴이 딱딱하게 굳어지고 입에서는 무거운 탄식이 흘러나왔다. 또한 그 속에는 무언가 안도의 한숨까지 포함되어 있었다.

동북부 귀족 연합에 속한 모든 귀족에게 영지전을 신청한 것이 아닌 단지 연합장인 패트리아스 백작에게만 영지전을 신청했다는 것에 답답함과 함께 까닭 모를 안도감은 느낀 이들일 것이다.

'어… 렵군.'

그들의 반응을 지켜본 드라기 백작의 솔직한 심정이었다. 많은 발전이 있었다 하지만 겨우 2년이었다. 그리고 동북부 귀족 연합이 하나의 단체로 확고하게 자리를 잡기에는 너무나도 부족한 시간이었다.

패트리아스 백작을 중심으로 동북부의 귀족들이 모여듦에 언젠가 국왕이 패트리아스 백작과 척을 지게 되는 것은 기정사실이었다.

그 연유는 패트리아스 백작을 전면에 내세움으로써 모든 시선을 그에게로 돌리고 국왕 자신만의 세력을 더욱 강력하게 만들고자 하는 의도임을 잘 알기 때문이었다.

하나, 그 시기가 빨라도 너무 빨랐다. 적어도 3년이라는 기한은 채울 줄 알았으나 코린 왕국의 국왕은 자신의 명을 번복하면서까지 패트리아스 백작을 적으로 돌려세우고 있었다.

'도대체 이유가 무엇이란 말인가?

도무지 종잡을 수 없는 국왕의 결단이었다. 지금 패트리아스 백작이 무너지면 동북부 귀족 연합은 사실상 와해되는 것이나 다름없었다. 왜냐하면 그 이전에는 자신이 그저 중도를 견지하는 귀족들로서 지내왔으나 이제는 완연하게 상황이 달라지는 것이었기 때문이었다.

귀족들의 행태도 싫고 그렇다고 국정을 제대로 운영하지 못하는 국왕 역시 싫다 하여 독자적인 중도의 뜻을 견지하던 이들이 하나의 연합을 만들고 그에 속했다.

그리고 3년도 채 못 되어 다시 연합이 해체되었다. 그렇다는 것은 연합에 속한 이들이 명성과 생각에 이미 하나의 오점을 남기게 되는 것이었다. 패트리아스 백작이 제거되면 싫든 좋든 연합에 속한 귀족들은 어느 한쪽을 택할 수밖에 없었다.

그들이 중도를 견지한 뜻이 오염되었기 때문이었다. 한마디로 명분이 사라진 것이기에 그들은 자신의 진로를 선택해야만 했다. 그리고 여기 모인 이들은 그러한 지금의 상황을 너무나도 잘 알고 있었다.

그리고 제논은 드라기 백작의 입을 통하여 그들에게 기회를 주고 있는 것이었다. 죽더라도 같이 갈 것인지 아니면 이대로 모든 것을 포기할 것인지 말이다.

드라기 백작은 제논의 그런 의도를 읽었다. 그래도 그는 귀족들이 옳은 결정을 할 것이라 예상했다. 2년이라는 시간은 짧다면 지극히 짧으나 어찌 보면 지극히 긴 시간이라고도 할 수 있었으니까.

하지만 지금 대회의실에 모여 있는 귀족들의 각양각색의 반을 지켜본 드라기 백작의 얼굴은 딱딱하게 굳어질 수밖에 없었다. 그의 뇌리에 순간적으로 위험하다는 생각이 빠르게 스치고 지나갔다.

"후우~"

자신도 모르게 한숨이 흘러나오는 드라기 백작이었다. 지난 2년 동안 동북부 귀족 연합은 헤밀턴 공작을 따르는 귀족들의 견제에도 불구하고 눈부신 성장을 이룩했다. 하지만 그 2년이 그들의 마음에 신뢰라는 것이 싹트기에는 조금 모자란 시간이었나 보다.

아직 패트리아스 백작이 회의실에 들어오지는 않았지만 탄성과 안도가 섞인 한숨 소리를 듣는 드라기 백작은 한숨이 절로 흘러나왔다. 단단히 뭉친 귀족파와는 전혀 다른 이들.

"사실이었던 모양이군요."

바젤의 리드 자작이 자신의 옆에 있던 칼스크로나로의 엡스타인 자작에게 귀엣말로 속삭였다. 결코 남에게 들려서는 아니 될 말이라는 듯이 말이다. 그에 엡스타인 자작은 아주 작게 고개를 주억거렸다.

"방도를 찾아야 하지 않겠습니까?"

한 명의 귀족이 그들의 뒤로 다가와 소곤거리며 입을 열었다. 슈르즈베리의 사스가드 남작이었다. 그리고 그의 옆에는 스몰란드의 프리드먼 남작도 있었다.

이들 네 명은 서로 영지가 붙어 있어서 과거에서부터 상당한 친분을 가지고 연합 내에서도 나름 독자적인 세력을 구축하고 있던 이들이었다. 그러한 그들이 대회의실에서 타 귀족들의 눈총에도 아랑곳 않고 자신들만의 대화 속으로 빠져 들고 있었다.

아직 회의가 시작되기 전이고 회의의 주체자인 패트리아스 백작이 참석하지 않는 상황이니 끼리끼리 모여 가벼운 담소를 나누는 것에 대해서 누가 뭐라 할 수 있는 사항은 아니었다.

그들의 말을 들은 칼스크로나로의 엡스타인 자작은 짐짓 주변을 슬쩍 둘러보았다. 자신의 말이 주변에 퍼져 나가지 않게 하기 위해 주변을 극도로 경계하는 모습이었다.

그에 네 명의 귀족을 수행하는 기사들이 그들을 중심으로 외곽을 보며 둘러쌌다. 그에 엡스타인 자작이 조심스럽고 아주 나직하게 입을 열었다.

"전언이 있었소."

"크음, 큼."

"역시……."

엡스타인 자작의 말에 조금은 다급하고 혹은 무언가 바라는 듯한 인상을 보이던 이들의 얼굴이 활짝 펴졌다. 하나, 곧바로 안색을 굳히고 있었다. 표정 관리를 하는 것이었다.

기실 이 네 명은 최근 상당히 긴장을 하고 있었다. 바로 산적 토벌과 같이 벌어진 패트리아스 영지 내에 있었던 간자들의 색출 건에 관한 것이었다. 사실 알게 모르게 패트리아스 영지 내에는 상당히 많은 간자가 잠입해 있었다.

그것은 패트리아스 백작 영지뿐만 아니라 동북부 귀족 연합 전체에 해당되는 사항이었다. 하지만 가장 중심이 되는 곳은 바로 패트리아스 백작 영지라 할 것이었다.

그것을 어찌 알았는지 패트리아스 백작은 각 방면으로 대규모의 산적 토벌대를 보내 토벌을 시작함과 동시에 패트리아스 백작 영지에 있는 수백에 이른 간자를 색출해 낸 것이었다.

그 시간은 단 하루였다.

어떻게 그것이 가능한지는 모를 일이었으나 그들이 해온 활동의 경중에 따라 수백의 인물이 재산을 몰수당하고 추방당하였고 수십의 인물이 처형되었다.

단 하루 만에 패트리아스 백작 영지에는 혈풍이 몰아닥치고 순식간에 사라져 버렸다. 그 효과는 아주 지대했다. 과거에서부터 중도파라 하나 주변 귀족들과 연락을 수시로 주고

받고 있던 이들 네 가문에게 여기저기에서 패트리아스 백작 영지에 대한 정보를 물어오는 빈도가 갑작스럽게 늘어난 것이었다.

평소 이들 네 가문은 중도파라 하지만 그 본색이 귀족인지라 성향이 귀족파에 더 가까웠다. 다만, 자신들의 힘이 약해 그들의 틈바구니에서 자신들의 잇속을 챙기기 어려워 중도파에 머물러 있을 뿐이었다.

그러한 판국에 연판장을 돌리고 패트리아스 백작을 중심으로 동북부 귀족 연합이라는 단체에 들게 되었다. 처음엔 네 가문 역시 쌍수를 들고 환영했다. 자신들과 뜻을 같이하는 귀족들이 늘어나면 늘어날수록 자신들의 힘은 늘어날 것이니 말이다.

하나, 그러한 그들의 생각을 얼마 안 가 산산이 부서지고 있었다. 패트리아스 백작은 영지민을 중히 여겼다. 천시하는 농업이나 상업을 장려하였고, 그들을 우대했다.

때문에 그들 네 가문은 상당히 불만이 가득 차 있었다. 그러한 판국에 패트리아스 백작에게 주었던 모든 특혜가 한꺼번에 거두어지자 갈등을 할 수밖에 없었다.

그리고 그들에게 있어서 결정적인 것은 주변 49명에 이르는 귀족이 연합해서 패트리아스 백작 가문에 영지전을 신청했으니 그들 네 가문은 결국 나름 절대적인 결정을 내려야만 했다.

하지만 엡스타인 자작은 제안이 아니라 전언이라 했다. 그렇다는 것은 그들의 결심은 이미 오래전부터 정해져 있다는 것을 의미했다. 과연 제논이 클라렌스에게 했던 말대로 애초에 동북부 귀족 연합은 이미 동북부 귀족 연합이 아니었는지도 모른다.

"회의를 시작하면……."

"본작이 말을 하지요."

엡스타인 자작의 말을 끊고 리드 자작이 입을 열었다. 확실히 연륜 면에서는 엡스타인 자작보다는 리드 자작의 말이 더 먹힐 수도 있었다. 그는 이미 중년을 넘어서 장년에 접어들었으니 말이다.

"그것이 좋겠습니다."

엡스타인 자작이 인정하자 모두들 고개를 작게 끄덕이며 둥글게 모였던 자리를 파하고 자신의 자리로 돌아갔다. 그들이 자리로 돌아왔음에도 대회의실의 웅성거림은 여전했다.

삼삼오오 모여 향후 대책이나 혹은 걱정스러운 얼굴을 하고 대화를 하고 있는 귀족들을 바라보던 드라기 백작이 그 네 명의 귀족을 보고 있었다. 가장 걱정스럽게 그 동태를 지켜보던 이들이었기 때문이었다.

'결국…….'

중도파에서 이제는 동북부 귀족 연합에 몸담게 된 이들. 그들은 경제적인 이득과 동북부 귀족 연합이라는 울타리가 필요했을지도 모른다. 드라기 백작 자신에게는 큰 의미가 부여된 연판장이었으나 이들에게는 어쩌면 그저 돌아서 아니라고 하면 잊혀질 그런 종이 쪼가리에 지나지 않을 수 있었다.

드라기 백작은 본질적으로 귀족들을 믿지는 않았다. 하지만 최소한 자신이 입에 담은 말과 자신이 표현한 문장 정도는 이해하고 지켜내리라 생각했었다. 하지만 시간이 지날수록 자신의 생각은 결코 현실과 같지 않다는 것을 인정하는 꼴이 되어버렸다.

드라기 백작은 대회의실의 분위기로 대충 돌아가는 상황을 짐작할 수 있었다. 또한 확인할 수 있었다. 자신의 꿈은 결코 현실이 될 수 없었다는 것을 말이다.

때문에 드라기 백작의 얼굴은 딱딱하게 굳어질 수밖에 없었다. 지금 상황에서는 자신 역시 선택의 기로에 설 수밖에 없었다. 하지만 이미 선택할 수 있는 경우가 지극히 적다는 것을 알고 있었다.

자신은 대영주였다. 이름뿐인 백작이 아닌 영속이 가능한 대영주이기에 비록 지금은 패트리아스 백작이라는 큰 산이 있어 그 산을 먼저 정복하겠으나 이후는 바로 자신이라는 것을 말이다.

그들의 그늘 속으로 숨어들지 않는다면 자신은 반드시라 할 정도로 확실하게 제거 대상이 될 것이었다. 때문에 그는 이미 모든 것을 결정을 내린 후였다.

그는 다시 좌중을 둘러보았다. 그들을 바라보며 드라기 백작은 홀로 생각하였다.

'이들은… 어떤 선택을 할 것인가?'

패트리아스 백작을 노리는 세력은 영지전이라고 할 수 없을 정도였다. 백작 세 명이 한꺼번에 영지전을 신청하고 그를 따르는 귀족들이 병력과 기사를 내었다.

이것이 어찌 일개 영지전이라고 축소할 수 있는 일이란 말인가? 이쯤 되면 귀족파들이 패트리아스 백작을 어떻게 생각하고 또한 이 영지전이 대체 무엇을 의미하는지 모를 리 없었다.

웅성거림이 소란스러워질 즈음 대회의실을 울리는 카랑카랑한 목소리가 있었다.

"동북부 귀족 연합의 연합장이시고 코린 왕국의 방패이자 검이신 제논 패트리아스 백작 각하께서 드십니다."

일순 장내는 조용해졌다. 시장통처럼 시끌벅적하던 조금 전과는 전혀 다른 모습. 그리고 모든 시선이 일제히 집사장의 외침이 들려오는 곳을 향했다. 정적이 감돌았다.

저벅. 저벅. 저벅.

심지어 제논이 회의장으로 걸어 들어오는 발자국 소리조차 들려올 정도로 말이다. 발자국은 넓고 높은 대회의실에 울림을 전달하고 있었다. 제논은 무표정했다.

그가 자리에 착석하자 집사장인 고든 베컴 경이 예의 카랑카랑한 목소리로 외쳤다.

"착석해 주시기 바랍니다."

모두들 집사장의 말에 따라 자리에 앉았다.

"회의를 시작하겠습니다."

다시 들려오는 베컴 집사장의 목소리였다. 하지만 실내는 여전히 조용했다. 누가 입을 열 것인지 눈치를 보는 자들이 있는가 하면 제논의 입을 바라보고 있는 자들도 있었다.

"알겠지만 오늘의 안건은 바로 영지전에 대한 것이오. 하고자 하는 말이 있으면 하시오."

제논의 말에도 귀족들은 여전히 침묵했다. 여기서 주목해야 할 것은 바로 '각자의 하고자 하는 말'이었다. 의견을 제시하는 것이 아니라 말이다.

의견을 제시하라는 것은 같이 가자는 것이고 하고자 하는 말이란 참여의 여부, 혹은 더 나아가서 연합을 탈퇴할 것인지 계속 지속할 것인지를 묻는 것이었다. 귀족들은 제논의 어간의 의미를 그렇게 받아들였다.

집사장 혹은 드라기 백작은 곤혹스러운 표정을 지었다. 강제적으로 참전을 요구해도 모자랄 일이거늘 빠질 사람은 빠지라는 말을 하고 있으니 말이다.

하지만 그들은 입을 열지 않았다. 아니, 오히려 상당히 좋은 기회라고 할 수 있었다. 연판장이 아닌 진실로 고난과 고통을 같이할 수 있는 자들을 고를 수 있으니 말이다.

반대로 제논을 지지하는 절대적인 이들, 즉, 아이작스 백작이나 크레센트 자작 혹은 영지의 가신들인 베컴 남작, 리오스 남작, 캠프 자작, 웨인라이트 남작은 무표정했다.

그 외 오로지 그의 복수의 의지 아래 스스로 몸을 낮춘 이들인 칼라시니코프 남작이나 조나단 플레이크 경, 혹은 마빈 헤글러 경 등 많은 이는 담담한 표정을 유지하고 있었다.

어차피 그들은 이미 모든 것을 각오한 상태였다. 그들에게 있어서 언제든지 오게 될 일이 조금 더 일찍 다가온 것뿐이니까 말이다. 하나 그 외의 귀족들은 조금 달랐다.

때문에 제논은 마지막으로 그들에게 기회를 주고 있었다. 기회도 기회지만 제논은 이번 기회로 그들 스스로 빠져 나가기를 원했다. 원하지 않는데 체면이나 혹은 주변의 눈총 때문에 참여할 필요는 없기 때문이었다.

한데 뭉쳐도 힘든 판국에 어떤 강요에 의해 참여한다면 결국 파국에 다다를 것임은 분명하기 때문이었다.

그러한 제논의 의중을 읽었음인가? 귀족들의 표정은 그야

말로 천차만별이었다. 어떤 이는 찡그리고 어떤 이는 얼굴을 굳히고 어떤 이는 슬슬 눈치를 보기도 했다.

"커허엄."

"컴……."

하지만 궁극적으로 그들은 나서서 말을 하지 못했다. 제논은 첫 마디를 툭 던져두고는 아무런 말도 하지 않았다. 기다리겠다는 것인지 아니면 두고 보자는 것인지 도저히 짐작조차 할 수 없는 그런 태도였다.

"크음. 소작이 한 말씀 올려도 되겠습니까?"

그중 한 명이 이 질식할 것 같은 분위기가 마음에 들지 않았는지 조심스럽게 입을 열었다. 바젤의 리드 자작이었다. 그는 조금 전 자신과 같이하는 이들과 한 다짐을 실행에 옮기고 있었다.

"듣겠소."

묵직한 음성이 제논의 입에서 흘러 나왔다. 그에 바젤의 리드 자작은 조금은 망설이는 듯 주저주저하다 그의 옆으로 앉아 있던 몇몇 귀족과 눈을 마주친 후 입을 열었다.

"소작의 영지는 병력도 없을뿐더러 아직 안정되지 않았습니다. 물론, 군수를 지원해야 한다면야 못할 것도 없지만 워낙 척박한 곳인지라 영지민의 고혈을 짜내지 않을 수 없습니다. 그래서……."

"허(許)하오."

구구절절이 이어 나가려는 리드 자작의 말을 끊으며 제논의 입에서 단순 무심한 음성이 튀어나왔다. 리드 자작을 제외한 그와 함께한 세 명의 귀족의 눈이 커졌다.

말을 하는 당사자인 리드 자작만이 그 반응이 조금 늦어질 뿐이었다.

"허락하실 줄… 에?"

오히려 놀라는 것은 리드 자작이었다. 그는 너무도 쉽게 허락한다는 말을 하는 제논을 멍하게 바라보았다. 자신은 지금 본래의 의도는 말조차 하지 않았다. 그런데 이미 다 알고 있다는 듯이 말을 하는 제논이었다.

"그게, 그러니까 무슨 말인지 알고……."

"연합을 탈퇴하는 것을 허락하는 바이오."

지독히도 정확하고 냉정한 제논의 말에 일순 할 말을 잊은 리드 자작이었다. 그의 얼굴은 참으로 가관이었는데 이리도 쉽게 허락할 줄을 몰랐던지 일종의 배신감마저 들고 있었다.

하나, 제논은 그러한 그의 감정을 알 필요가 없었다. 이미 리드 자작에게서 시선을 뗀 제논의 입이 다시 좌중을 둘러보며 열렸다.

"그리고… 또 없소?"

그에 약간의 시간을 둔 후 몇몇의 귀족이 조심스럽게 입을 열었다.

"저기… 소작도……."

"소작 역시……."

제논은 그들의 면면을 살펴보았다. 슈르즈베리의 사스가드 남작, 칼스크로나로의 엡스타인 자작, 스몰란드의 프리드먼 남작이었다. 열셋의 연합원 중 리드 자작까지 모두 네 명이 탈퇴를 거론한 것이었다.

그 외 몇 명이 더 있었다. 바로 그들의 가신으로 있는 귀족들이었다. 자신의 주군이 연합에서 탈퇴하니 당연히 그들 역시 연합을 탈퇴하는 것이었다. 그러하니 네 귀족의 탈퇴는 네명만 탈퇴하는 것이 아니라 할 수 있었다.

자작이 거느릴 수 있는 가신의 수는 대략 80명, 남작이면 40명 정도이다. 그 가신 중 대략 정식 귀족이라 할 수 있는 남작이 세 명에서 네 명 정도이다. 거기에 기사들 역시 가신으로 존재한다.

그렇게 계산한다면 단순히 네 명의 귀족이 탈퇴하는 것이 아니라 그들에게 딸린 병력과 기사, 그리고 귀족들이 탈퇴하는 것이었다. 한꺼번에 귀족 열 명과 기사 2백. 그리고 병력 3천이 쑥 빠져 나간다.

"허(許)하오."

"감사합니다. 그럼."

허락한다는 제논의 말에 그들은 안색을 펴더니 이내 이곳은 자신들이 있어야 할 곳이 아니라는 듯이 바쁘게 일어나 대회의실을 벗어났다. 순식간에 열 개의 좌석이 비고, 몇십의 기사가 대회의실 나감으로 대회의실이 썰렁해지는 느낌이었다.

스르릇! 쿵!

열렸던 대회의실의 문이 육중한 소리를 내며 닫혔다. 그리고 그것을 계기로 다시 제논의 음성이 대회의실을 울렸다.

"또 없소?"

"탈퇴는 안 할 것이나 병력의 지원은 어려울 것 같습니다."

휘슬러의 코팩스 남작이었다. 사실 대부분의 동북부 연합 소속 귀족들의 사정이 휘슬러의 코팩스 남작과 다르지 않았다. 동북부 연합 소속 귀족들은 지극히 영세하다.

그나마 그들이 동북부 귀족 연합에 속해 지난 2년간 상당한 발전을 가져왔다고는 하지만 돌연 그들에게 취해진 왕국의 조치는 두 배 가까운 세금과 함께 주변 영지의 통행세 덕에 쉽게 발전해 나가지 못하고 있는 형국이었다.

코팩스 남작을 필두로 하여 데브레첸의 카팬터 남작, 미슈콜츠의 쿠아론 자작, 보조르가니의 위클뢰프 남작, 모르레타르의 깅그리치 자작 등이 병력 지원을 곤란해하고 있었다.

그들의 영지 상황을 누구보다 잘 알고 있었다. 비단 제논뿐만 아니라 여기 회의실에 있는 이들 모두가 다 알고 있었다. 그들은 애초에 병력은 자경대 수준만 두고 모든 것을 경제력을 키우는 데 집중했기 때문이다.

그들은 바로 동북부 귀족 연합의 경제를 활성화하는 상단의 핵심 다섯 개 영지라 할 수 있었다. 모자라지만 동북부 귀족 연합이 이만큼 성장할 수 있었던 것 역시 그들의 군사력을 포기하고 상업에 전념한 덕이 컸다고 할 수 있었다.

마치 그 말을 기다렸다는 듯이 드라기 백작의 입이 열렸다.

"깅그리치 자작을 중심으로 하여 코팩스 남작과 카팬터 남작, 위클뢰프 남작, 그리고 쿠아론 자작은 군수를 담당하면 좋을 것 같소."

"그것이라면……."

병력을 댈 수 없음에 불편한 표정을 짓고 있던 다섯 귀족의 얼굴이 펴졌다. 그리고 그 중심에 있는 깅그리치 자작은 기꺼이 담당하겠다고 나섰다. 회의실의 분위기가 조금 편안해졌다.

더 이상의 이탈자가 나오지 않고, 병력은 어려울지 모르나 병력만큼이나 중요한 군수를 담당하겠다고 하는 귀족들이 나서니 당연히 조금 전의 딱딱했던 분위기가 조금씩 느슨해지기 시작하는 것이었다.

그때.

"기사 5백과 병력 5천이 대기 중입니다."

그러함에도 불구하고 무거운 침묵과 탄식처럼 흘러나오는 한숨을 삼키는 중에 누군가의 목소리가 대회의실을 울렸다. 모두의 시선이 그곳으로 향했다. 아이작스 백작이었다. 이곳 회의에 참여한 귀족 중 가장 나이가 어린 이가 바로 그였다.

그러나 그는 지금 실로 그 누구도 함부로 할 수 없을 정도의 패기를 보여주고 있었다. 변방 중의 변방이라 일컬어지는 동북부의 끝자락에 자리한 백작의 영지에서 기사 5백과 병력 5천이라니 말이다.

그것이 시작이었을까?

"기사 2백 5십과 병력 3천이 대기 중입니다."

또 다른 음성이 흘러나왔다. 잘만의 크레센트 자작이었다. 지금까지의 모든 것을 조용히 지켜보고 있던 이들이 나서기 시작했다. 그러함에 대회의실에 모여 있던 귀족들의 얼굴은 점점 화색이 돌기 시작했다.

조금 전까지도 지극히 암울했던 상황이었다. 비록 자신들의 영지에는 영지전이 신청되지 않았다고 하지만 패트리아스 백작 가문이 무너진다면 무력적이든 아니면 경제적이든 압박이 들어올 것이라는 것은 불 보듯 뻔한 사실이니까 말이다.

그런데 희망이 되살아나고 있었다. 단 두 명이지만 기사 7백 5십과 8천이라는 병력이 모였다. 그리고 그들이 결정적으로 화색이 돌 수 있었던 것은 패트리아스 백작이 거느린 기사들의 전력과 병력을 잠시 잊고 있었기 때문이었다.

"명을 내리신다면 언제든지 그들을 깨부술 수 있을 것입니다."

귀족들이 얼굴이 절망에서 벗어날 때쯤 또 다른 목소리. 얼굴에 칼자국이 선명하게 나 있으며 그로 인해 굉장히 험상궂은 얼굴을 하게 된 칼라시니코프 남작이었다.

그는 지금 헬카드 산적단 토벌을 성공적으로 완수한 공을 인정받아 패트리아스 백작 가문의 병력을 총괄하는 군무부장으로 있었다. 그러한 그가 외쳤다. 모든 준비가 완료되었다고 말이다.

그가 나섬에 분명 기사 단장인 스웬슨 패트리아스 역시 나서야 할 것이나 그는 나서지 않았다. 왜냐하면 당연한 것이었기 때문이다. 나서고 자시고 할 필요조차 없는 것이었다.

"기사 3백과 병력 6천 5백이 준비되어 있습니다."

이번에는 드라기 백작이었다. 기사의 수는 줄었으나 병력의 수가 늘었다. 가볍게 고개를 끄덕인 제논이었다. 그리고 드라기 백작을 향해 시선을 두었다. 드라기 백작과 시선이 부딪히고, 드라기 백작은 제논이 무엇을 요구하는지 바로 알 수 있었다.

"우선 적의 군세를 설명하도록 하겠습니다."

그렇게 말을 하고 드라기 백작은 자신의 뒤에서 만반의 준비를 마치고 대기하고 있는 곤잘레스 남작을 바라보며 고개를 끄덕인 후 자리에 앉았다. 그에 곤잘레스 남작이 자리에서 일어나 거대한 상황판 앞에 섰다.

백색으로 되어 있는 상황판에 일순 밝은 빛이 뿌려지기 시작했다. 그리고 그 상황판에는 선명하게 밝은 녹색과 붉은색으로 표시된 무엇인가가 떠올랐다. 바로 적군과 아군의 군사력을 한눈에 볼 수 있게 작성된 문서였다.

"적은 총병력 약 9만 1천여에 이르는 규모로서, 편의상 세 방면에서 접근하는 적 병력을 제1로군, 제2로군, 제3로군으로 명명하겠습니다. 우선 제1로군은 람페두사의 코서 백작이 총사령관이며, 3만 5천의 병력과 기사 2천 2백, 마법사 2백을, 그리고 제2로군은 몰타의 두에르스트 백작이 총사령관으로 2만 2천의 병력과 기사 1천 7백, 마법사 1백 2십 명을, 제3로군은 산드라고사의 랜디 백작이 총사령관으로 3만 4천의 병력과 기사 2천 1백, 마법사 1백 7십여 명입니다."

적의 군세에 입이 떡 벌어지는 귀족들이었다. 이건 단순히 영지전이라 할 수 없었다. 이것은 거의 왕국 간의 전쟁이었다. 일반적인 개념을 넘어선 적의 병력에 어쩔 수 없이 기가 질리는 귀족들이었다.

말이 9만이지 그 인원이 패트리아스 백작의 영지로 밀려든다고 생각하니 오금이 저려오는 귀족들이었다. 하지만 그것은 시작에 불과했다. 이어지는 곤잘레스 남작의 설명에 회의실은 다시 깊은 침묵 속에 빠져들 수밖에 없었다.

"또한 이 제1, 2, 3로군을 통칭하여 제1파라 명명하도록 하겠습니다."

"1파라면······."

"그······."

귀족들의 표정은 점점 질려갔다. 9만의 병력이 겨우 1파였다. 1파란 첫 번째 파도란 뜻. 그렇다면 2파도 있을 것이고 3파도 있을 수 있다는 것을 의미했다.

"2파는 예비대의 성격이 강한데 동부 귀족파의 실질적인 무력을 담당한다고 알려진 피에르 가도닉스 백작입니다. 그의 휘하에는 가도닉스 휘하의 기사 6백과 병력 6천이 직속으로 편제되어 있고, 총병력은 5만에 기사 3천입니다."

떠억!

그저 입만 벌릴 뿐이었다. 도대체 그 많은 병력과 기사가 어디서 나온다는 말인가? 병력도 병력이고 기사도 기사지만 그 많은 병력을 유지 관리하는데 과연 그것이 가능하냐는 의문이 들 정도였다.

동부는 물론, 코린 왕국의 모든 병력과 기사를 모아놓은 것 같지 않은가? 잠깐 그 생각을 하게 된 귀족들과 기사들이었다. 그 생각과 함께 그들의 뇌리를 강타하는 또 하나의 생각.

그것은 바로 왕국군이었다.

'설마⋯⋯.'

모두 공통적으로 한 가지를 생각했다. 그들은 오직 동부에 있는 귀족들만 생각했다. 하나, 드러난 전력은 결코 동부의 귀족들만으로는 불가능한 그런 전력이었다.

그렇다면 답은 결국 하나라는 말이었다. 바로 코린 왕국의 지존인 세바스티앙 팔레티 국왕이었다. 귀족과 철저하게 척을 지고 있던 그가 돌변하여 귀족파를 전적으로 지지하고 나선 것이었다.

"말도⋯ 안 되는⋯⋯."

그러했다. 말도 안 된다. 일국의 국왕이 자신의 휘하에 있는 백작을 치기 위해 병력을 내었다는 것은 있을 수도 생각할 수도 없는 그런 일이었다. 하지만 회의실에 있는 귀족들은 곤잘레스 남작의 이어지는 말에 하늘이 무너질 것 같은 느낌을 받아야만 했다.

"정보에 의하면 2파의 병력은 나파즈 왕국과의 경계를 담당하고 있던 동부 방면군의 병력으로 판명이 되었으며, 동부의 변경백인 퀸즐의 에플렉볼트 백작 역시 직접 참여한 것으로 파악되었습니다."

나파즈 왕국과 경계를 이루고 있는 동부는 변경백이 세 명 존재했다. 가장 위쪽으로 퀴나의 오스거비 후작, 중앙 퀸즐의 에플렉볼트 백작, 하단 글로스터의 카펠리니 백작이 그들이 었다.

이 세 변경백이 거느린 병력을 공히 동부 방면군이라 칭하고 있으며, 나파즈 왕국과는 정치적으로나 역사적으로 그리 좋지 않은 관계로 코린 왕국이 유지하는 30만의 상비군 중 13만이 배치되어 있었다.

그런데 동부 방면군 13만 중 3분의 1이 넘는 5만의 병력이 2파를 형성하고 있는 것이었다. 이것은 확실한 국왕의 의지를 담고 있는 것이었다. 바로 패트리아스 백작을 제거하겠다는 의지 말이다. 그러하니 귀족들의 안색이 딱딱하게 굳어질 수밖에 없었다.

이제는 어쩔 수 없는 상황이 되었다. 패트리아스 백작에 영지전을 신청했다고 하지만 지금 돌아가는 상황으로 보아서는 패트리아스 백작이 이끌고 있는 동북부 귀족 연합 전체를 염두에 두고 있는 것으로 보이기 때문이었다.

아니, 보이는 것이 아니라 확실한 것이라 할 것이다. 그렇지 않다면 왕국의 방어를 전담해야 할 동부 방면군을 전선에서 이탈시켜 일개 백작의 영지를 치는 데 병력을 동원할 이유가 없기 때문이었다.

"국왕은… 이미 결심을 굳힌 것 같습니다."

누군가의 음성이 정적에 휩싸인 회의실 안을 울렸다.

"그런데 도대체 왜?"

동시에 의문이 가득 담긴 목소리 역시 터져 나오고 있었다. 귀족들은 이해를 할 수 없었다. 분명 국왕은 패트리아스 백작에게 호의적이었다. 그런데 갑자기 그렇게 적대시하던 헤밀턴 공작 가문과 손을 잡고 패트리아스 백작 가문을 압박하고 있었기 때문이었다.

도대체 알 수 없는 국왕의 결정 때문에 귀족들은 혼란스러웠고, 당혹스러웠다. 당연한 의문이었다. 그리고 그 의문을 풀어줄 한 줄기 목소리가 그들에게 들려왔다.

"알고 계신 분들도 있을지 모르나 국왕의 도발은 처음 백작 각하께서 영지를 받을 때부터 시작했다고 해도 과언이 아닙니다."

"그 말은……."

한 명의 귀족이 무언가 짚이는 것이 있다는 듯이 말을 흐렸다. 곤잘레스 남작의 시선이 그 귀족에게로 향하더니 이내 고개를 끄덕이며 입을 열었다.

"어차피 정략적이었던 패트리아스 백작 가문의 복권이었습니다. 때문에 국왕은 보이지 않는 곳에서 패트리아스 백작 가문의 분열을 획책했습니다. 그 대표적인 예로 헬카드 산의 산적을 들 수 있습니다."

헬카드 산의 산적이라는 말이 곤잘레스 남작의 입에서 흘러나오자 회의실은 잠깐 소란스러워졌다. 설마 그리했겠느냐는 그런 반응도 있었고, 어찌 그럴 수 있느냐는 반응도 있었다.

"헬카드 산적단의 두목은 과거 제2왕실 기사단의 단장이었던 던컨 헌트리스 백작이었소. 또한, 그를 호위하는 기사들은 헌트리스 백작 가문의 기사단이었소."

칼라시니코프 남작이었다. 그는 무척이나 담담하게 마치 남의 일처럼 말을 하고 있었지만 그 담담함 속에서는 짙은 살의가 느껴지고 있었다. 그의 숨겨져 있는 살의가 누구를 향한 것인지는 모른다.

하나, 한 가지 분명한 것은 그는 지금 지극히 분노하고 있다는 것이었다. 무표정하고 차갑게 변한 겉과 달리 그의 내심은 활화산처럼 타오르고 있음이 분명하였다.

그것은 말을 한다고 해서 알 수 있는 것이 아니었다. 그저 마음에서 마음으로 전해지고 있는 것이었다. 이곳에 남아 있는 이들은 서서히 하나의 마음이 되어가고 있다는 것을 의미했다.

회를 탈퇴하지 않고 남아 회의를 참석한 이들은 알고 있었다. 패트리아스 백작이 제거되면 그다음은 바로 자신들의 차례라는 것을 말이다. 무력적이든 경제적이든 어떠한 방법이 되었든 자신들 역시 제거될 것임을 잘 알고 있었다.

국왕의 결단과 귀족파의 도발이 결국 동북부 귀족 연합을 하나로 뭉치게 만드는 결과를 가져온 것이었다. 그것을 증명이라도 하듯이 굳은 얼굴 속에는 결연한 의지가 깃들어 있었다.

그리고 곤잘레스 남작은 마치 그것을 기다렸다는 듯이 연합의 전력을 설명하기 시작했다.

"그에 반하여 아 연합의 총병력 규모는 5만 2천에 이르며, 기사 2천 3백, 병력 4만 4천 5백, 마법사 5백 명에 이릅니다."

간단한 설명이었지만 그 파장은 실로 지대했다. 비록 적의 병력이 9만에 이르지만 아군의 병력도 5만이 넘어가니 결코 나쁘지 않았기 때문이었다. 귀족들의 뇌리에 한 가지 생각이 스치고 지나갔다.

'해볼 만하다.'

해볼 만했다. 4만 정도의 차이가 있지만 그동안 보여준 패트리아스 백작의 역량과 그들이 직접 확인한 영지의 기사들, 혹은 영지의 일반 병사들의 무력을 감안하면 쉽게 승리할 수는 없을지 몰라도 쉽게 패하지는 않을 것이라는 생각이 든 탓이었다.

"좋군. 편제는?"

제논이 입을 열었다.

"제1군의 사령관은 드라기 백작께서 담당하실 것이고, 5만의 병력 중 2만이 배속되며 기사는 7백, 마법사는 2백이 배치됩니다. 전선은 적의 제1로가 진입하는 방향인 요툰하임입니다."

2만으로 3만 5천의 병력이면 꽤 괜찮은 배치였다. 요툰하임은 람페두사의 코셔 백작 측으로 삐죽 튀어 들어간 부분으로 항상 영지전의 빌미를 제공하고 있는 그런 영지였다.

주인이 바뀔 때마다 항상 전투가 이어져 왔고, 최근 2백 년 이래로 패트리아스 백작 영지로 편입되어 실효 지배된 지역이라 할 수 있었다. 2백 년 가까이 실효 지배를 했다는 것은 그곳에 대하여 철저하게 분석이 되어 있다는 것을 의미했다.

전투란 인적 자원도 중요하지만 그와 더불어 지형적인 자원도 매우 중요하다는 것은 모두 알고 있는 사실. 적이 비록 1만 이상이 많다고는 하나 지형적인 우세를 가진다면 충분히 해볼 만했다.

"제2군의 사령관은 아이작스 백작께서 담당하실 것이고, 1만 5천이 배속될 것이며 기사는 5백 마법사는 1백 3십 명입니다. 전선은 적의 제 2로가 진입하는 방향인 휘슬러입니다."

곤잘레스 남작의 말에 말없이 고개만 끄덕이는 아이작스 백작이었다. 그는 어떤 곳이라도 상관없었다. 1만으로 3만을 막으라 한다 해도 막을 수 있었다. 자신이 이끌고 온 전력은 그럴 만한 전력이니까 말이다.

아이작스 백작은 많은 것이 변해 있었다. 백작으로서 혹은 한 가문의 가주로서 그 역할을 충분히 할 수 있을 정도로 변해 있었다. 그것은 스스로 변하고자 했기 때문이었고, 그 변함의 기초를 튼튼하게 다졌기 때문이기도 했다.

아이작스 백작은 물론, 그의 뒤에서 그림처럼 서 있는 겜블 경과 안톤 경 역시 많이 변해 있었다. 완숙의 경지에 도달해 있다 해도 과언이 아니었다. 그래서인지 여타 귀족들과는 전혀 다른 반응을 보이고 있었다.

Chapter 02

'훌륭하군.'

제논은 그들을 바라보며 그렇게 생각했다. 제논이 인정할 정도로 아이작스 백작은 성장했고, 안톤 경과 겜블 경 역시 완숙해진 것이었다. 그때 아이작스 백작과 제논의 시선이 부딪혔다.

그에 아이작스 백작은 살짝 웃음을 떠올리며 제논을 향해 미미하게 고개를 숙였다. 제논 역시 그를 마주보며 고개를 까딱였다. 아이작스 백작의 행동이 무엇을 의미하는지 아는 탓이었다.

사실 제논은 심히 안도하고 있었다. 아이작스 백작과의 만남은 5년 전이다. 그리고 그와 함께한 시간은 고작 3년. 어쩌면 제논이 그를 떠나온 후 아이작스 백작은 상당히 방황했을지도 모른다.

하지만 결과는 자신의 눈앞에 보이는 대로 훌륭하게 성장하여 백작으로서, 가주로서의 역할을 충실히 해나가고 있었다. 그리고 동북부 귀족 연합의 중심 역할을 완벽하게 해내고 있었다.

"제2군의 병력은 오로지 아이작스 백작 가문의 영지군으로 감당했으면 하오."

"그것은……."

제논이 입을 열었다. 그에 곤잘레스 남작이 당혹스럽게 답을 하려 하였다. 말도 안 된다. 비록 적 규모가 가장 작은 병력인 2로의 군이라 하지만 물경 2만 2천에 이르는 병력이었다.

솔직히 1만 5천의 수라 할지라도 쉽게 장담할 수 없는 적의 병력이거늘 그것을 아무리 정예병이라 하지만 고작 병력 5천과 기사 5백, 그리고 마법사 2백으로 막으라 하는 것은 어불성설이었기 때문이다.

"명을 따릅니다."

곤잘레스 남작이 불가하다는 말을 하려 할 때 여기 참석한 귀족 중 가장 어린 목소리가 그의 귓등을 때렸다. 곤잘레스 남작이 놀라 아이작스 백작에게로 고개를 바람 소리가 나도록 돌렸다.

"무슨……."

"과거 남작이었을 때 본작은 패트리아스 백작 각하의 도움으로 두 개의 영지와 영지전을 한 적이 있었습니다. 그때 적의 병력은 2만 1천 명에 달했고, 기사는 150명이었습니다."

아이작스 백작은 곤잘레스 남작은 물론 회의실에 있는 모든 귀족들의 시선을 받으면서 아무 거리낌 없이 담담하게 말을 하고 있었다.

"그때 본작의 영지군은 불과 7천 5백이었습니다. 그중 2천은 용병이었지요. 그러함에도 우리는 승리했습니다. 또한, 이후 본작의 영지군과 기사들은 왕국이 성립한 이래 그 누구도 평정하지 못한 엘로드 강 유역을 평정하였지요."

아이작스 백작의 독백과도 같은 말에 귀족들은 침묵했다. 그들도 그 유명한 전투는 잘 알고 있었다. 그 누구도 아이작스 백작의 승리를 점치지 않았으나 아이작스 백작은 당당히 승리하였고, 지금의 백작이 되었기 때문이었다.

"전쟁은 병력의 수로 하는 것이 아닙니다. 물론 열 배 이상이라면 중과부적이라는 말이 맞겠으나, 지형은 아군에게 유리합니다. 그리고 마법사가 있으며 왕국에 존재하는 세 명의 마스터 중 한 명이 있습니다."

그것이 결정이었다. 코린 왕국의 3대 마스터 중 한 명인 미하일로프 겜블 경이 있었다. 국왕이 그를 욕심내 작위와 함께 영지를 준다 하였음에도 자신은 이미 주군을 정하였음에 주군에게 충성을 다할 것이라 하여 세간의 화제가 되었던 기사 중의 기사.

통칭 마스터는 1인 군단이라 칭해진다. 작금의 시대에 이르러 한 개 군단이라 함은 보통 3만에서 4만에 이른 병력을 의미했다. 과거 신화시대나 고대시대에는 1개의 군단을 보통 5천이라 했지만 세월이 흐르고, 과거의 영광은 사라진 지 오래다.

마법적으로나 혹은 군사 전략적으로 그 시대보다 한참 후퇴했다고 전략가들의 분석에 따라 작금의 시대에 1인 군단 소드 마스터의 위용은 병력 3~4만을 능히 감당할 수 있다고 보는 것이었다.

그러한 마스터라는 절대적인 존재가 바로 아이작스 백작 가문의 총 기사단장인 미하일로프 겜블 경이었다. 그러나 무언가 미진한 감이 있었다. 전쟁은 결코 혼자 하는 것이 아니니 말이다.

"또한 본작의 영지의 2대 무력 중의 하나인 마법 병단주인 지그라투 안톤 경은 이미 6서클의 마스터로서 시간만 주어진다면 충분히 7서클의 마법을 운용할 수 있으니 오히려 적의 2만이라는 병력 수가 작아 보인다는 본작의 판단이오."

"허어~"

"그럴 수가……."

아이작스 백작의 말에 귀족들은 기어코 입을 열어 탄성을 지를 수밖에 없었다. 6서클의 마스터라고는 했지만 사실상 7서클이라는 말이 옳을 것이었다. 비로 한 단계 위의 마법이라 해도 고위 마법을 단지 시간을 준다고 해서 발현할 수 있을 리가 없으니 말이다.

결국 지그라투 안톤 경은 7서클의 대마도사라는 뜻이었다. 소드 마스터에 7서클의 대마도사. 진정 그렇다면 아이작스 백작은 단지 영지군만으로 적의 제2로가 아닌 제3로를 감당해도 충분한 전력이 될 수 있었다.

아이작스 백작이 자신의 전력을 말하자 귀족들은 놀라고 있었다. 하지만 그 와중에 곤잘레스 남작은 재빠르게 인원을 재배치할 수밖에 없었다. 단지 영지군만으로 상대하기에 1만이라는 병력의 여유가 생겼으니 말이다.

"하면, 병력의 배치를 다시 하도록 하겠습니다."

"잠시……."

"아! 예!"

곤잘레스 남작이 병력을 재배치한다는 말이 나오기 무섭

게 제논이 그의 말에 제동을 걸었다. 그에 곤잘레스 남작은 의문스러운 눈으로 제논을 바라보았다. 자신이 알기로 제논은 결코 진행 중인 의견을 중지시키는 이가 아니었기 때문이었다.

"적의 제3로는 본작의 영지의 기사들과 병력이 전담하도록 하겠네."

"그……."

말을 할 수 없었다.

"본작과 영광의 마탑주, 라이칸 기사단 3백과 영지군 5천이네."

"하지만 적은 3만 4천의 병력입니다."

"알고 있네."

"무리입니다."

곤잘레스 남작의 확정적인 말에 제논이 곤잘레스 남작을 빤히 쳐다보았다. 곤잘레스 남작 역시 지지 않고 제논을 바라보았다. 전혀 승산이 없는 전투다.

막아준다면 병력의 여유가 크게 남아 적 제1로를 상대로 승리할 수 있을 것이다. 하지만 말도 안 된다. 겨우 5천으로 3만 4천을 막아낸다는 것이 어디 가당키나 하다는 말인가?

"왜 무리라 생각하나?"

"그것은 저보다 각하께서 더 잘 알지 않습니까? 중과부적입니다."

제논의 물음에 지지 않고 말을 하는 곤잘레스 남작이었다. 그러한 부딪힘에 귀족들은 흥미롭다는 듯이 둘을 바라보았다. 그리고 아이작스 백작과 크레센트 자작을 제외하고는 모두가 곤잘레스 남작의 말이 맞다고 생각하고 있었다.

"하면, 묻겠네."

"물으십시오."

"본작이 왕궁에서 보인 무력이 거짓이라 보는가?"

"그것은……."

말을 할 수 없었다. 왜냐하면 그 무력은 사실이었으니까. 하지만 그것이 다일 수는 없지 않은가? 마스터가 아닌 이상에는 말이다.

"말을 못하는군. 그러면 하나 더. 본작이 영지에 부임할 적 트리아스 자작 과 야합한 귀족들을 상대로 보였던 무력은 거짓 혹은 부풀려 말하기 좋아하는 이들의 저잣거리 소문으로 보는가?"

"……."

말할 수 없었다. 증언은 많았다. 하지만 너무나도 허황된 말이라 도저히 신뢰할 수 없었다. 그 증언대로라면 곤잘레스 남작이 생각하는 패트리아스 백작이 가진 무력은 그랜드 마스터였으니까.

그랜드 마스터.

검의 단계가 소드 마스터, 그레이트 마스터, 그랜드 마스터로 일컬어진다면 모든 마스터의 궁극의 목표가 바로 그랜드 마스터라 할 것이었다. 오러 블레이드와 오러 멤브레인 그리고 오러 서클릿까지.

하지만 믿을 수 없었다. 소드 마스터조차 지극히 보기 어려운 지경이다. 그런데 어디 그랜드 마스터가 가당키나 하단 말인가? 때문에 제논의 물음에 곤잘레스 남작은 아무런 말을 할 수 없었다.

왜냐하면 부정하면 스스로 깎아내리는 것이었고, 전쟁이 시작되는 시점에서 아군의 사기를 지극히 저하시키는 말이 될 것이기 때문이었다.

"……믿지 못하는군."

"……"

제논의 말에 곤잘레스 남작은 할 말이 없었다. 솔직히 믿을 수 있는 말이 아니었으니까. 최초 미하일로프 겜블 경이 왕국으로부터 소드 마스터로 인정받을 때도 긴가민가하며 정보 길드를 뻔질나게 드나들었던 그였으니 당연한 것이었다.

"본인을 마스터로 이끌었던 마스터는 바로 제논 패트리아스 백작 각하이십니다."

그때 곤잘레스 남작과 귀족들의 귓등을 때리는 담담한 목소리가 울렸다. 모두의 시선이 그 목소리의 근원지로 향했다. 그 근원지에는 마스터인 미하일로프 겜블 경이 서 있었다.

귀족들의 눈이 커졌다. 곤잘레스 남작의 입이 벌어지기 시작했다. 드라기 백작의 얼굴은 점점 화색이 돌았다.

"패트리아스 백작 각하께서는 본인이 중급의 경지에 있을 적에도 이미 소드 마스터를 뛰어 넘는 무력을 지니셨다고 할 수 있습니다. 본인과 본인의 주군이신 아이작스 백작께서 각하를 처음 본 곳이 바로 그레이든 산맥이었기 때문입니다."

"그레이든 산맥……."

누군가가 겜블 경의 말을 되뇌었다. 몬스터의 천국. 익스퍼트 이상의 실력이 아니면 결코 들어갈 생각조차 할 수 없는 그러한 곳.

"그리고 각하와 함께 탐사한 던전은 리치의 던전이었습니다."

"허어~"

"그런……."

"……!"

리치.

언데드의 왕이자 구심점. 당대의 인간으로서는 절대 이룩할 수 없는 8서클이라는 마법적 영역을 개척한 죽음의 마법사. 고대시대 이래로 그 종적을 찾아볼 수 없었던 리치가 등

장했다.

"또한, 각하께서는 잊혀진 존재인 정령을 다루십니다. 그
것도 4대 정령을 모두 말입니다."

"……!"

심장이 목구멍으로 튀어나올 정도로 입을 떡 벌리는 귀족
들이었다. 오직 아이작스 백작과 안톤 경, 그리고 겜블 경만
이 무척이나 담담하게 듣고 있었다. 그 놀람에는 나름 제논에
대해서 잘 알고 있다는 크레센트 자작 또한 포함되어 있었다.

"정령이라니……."

이제는 놀랄 기력도 없다는 듯이 힘없이 그저 정령이라는
말만 되뇌는 귀족들이었다.

"각하의 의동생이신 스웬슨 패트리아스 남작 역시 정령사이
며, 영광의 마탑주이신 클라렌스 프라네리온 백작께서는 8서
클의 현자이십니다."

"……."

침묵 혹은 정적이 대회의실을 가득 채웠다. 이건 뭐 어떻게
표현할 수조차 없었다. 정령사에 그랜드 마스터에 8서클의
현자라니. 대체 지금이 신화시대인지 고대시대인지 정신을
차릴 수 없는 귀족들이었다.

"우리는… 협회장인 패트리아스 백작에 대해 아는 것이 아
무것도 없었던 것이구려."

그때 탄식하는 듯한 목소리가 들려왔다. 바로 드라기 백작이었다. 그는 누구를 탓하려 하는 것이 아니었다.

"그리고 같은 곳을 바라보면서도 믿지 못하고 있었던 것이구려."

서로를 의심하고 있었던 것이었다. 한마음으로 적을 상대해야만 하는 입장에서 말이다. 그의 말이 마치 자신들을 탓하는 듯 지금의 상황에 대해 탄식하듯 들려왔다.

"이제 알았을 것입니다. 그들이 아무리 많은 병력을 동원한다 해도 결코 본 연합을 당해낼 수 없는 연유를 말입니다."

"그… 렇군요. 그래요. 정말 그렇군요. 같은 편임에도 불구하고 우리는 서로를 견제하고 불신하고 있었군요. 참으로 개탄스러운 일이 아닐 수 없군요."

누군가가 탄식처럼 말을 했다. 귀족들은 그 말에 동감한다는 듯이 고개를 끄덕일 수밖에 없었다. 그리고 그들은 새삼스럽다는 듯이 아무런 표정도 드러내지 않고 회의실의 상좌에 앉아 있는 제논을 바라보았다.

그의 우측에 거대한 석상처럼 서 있는 스웬슨 역시 새롭게 보였고 좌측에 고요하며 침착한 눈동자로 좌중을 훑어보고 있는 클라렌스를 바라볼 뿐이었다.

"……하면, 제2로는 아이작스 백작이 제 3로는 협회장이신 패트리아스 백작 각하께서 전담하시고 모든 병력은 제1로로 투입하도록 하겠습니다."

이로써 해볼 만했던 전쟁이 이제는 승리할 수도 있겠다는 생각을 가지게 했다. 제1로에 투입된 병력이 3만 4천 5백. 적의 제1로군이 3만 5천. 뒤지지 않는다. 아니, 오히려 능가할 수 있었다.

만약 아이작스 백작과 제논이 예상보다 빠르게 적을 패배시킨다면 말이다.

"적의 제 1로군이 요툰하임에 언제쯤 도착할 것 같은가?"

"영지전의 시작은 앞으로 보름 후입니다."

"3일. 3일만 막아내게. 그러면 우리가 승리할 수 있음이네."

"명을 따릅니다."

곤잘레스 남작이 명을 받았다. 제논은 그 말을 남기고 자리에서 일어나 회의실을 벗어났다. 그의 뒤를 따라 클라렌스와 스웬슨, 그리고 아이작스 백작과 겜블 경, 안톤 경이 따라 나섰다.

귀족들은 그저 앉아 있을 뿐이었다. 그들의 표정은 이제 조금 안정이 되었던지 허탈한 표정을 짓고 있는 이들도 있었다. 회의가 끝이 났음에도 불구하고 그들을 제외한 어느 누구도 회의실을 나서지 않았다.

"하아~ 도대체 정신이 하나도 없구려."

"그러게 말입니다."

"정령사에 그랜드 마스터라니……."

"영광의 탑주께서는 또 어떻고 말이지요. 그저 6서클쯤인 줄 알았거늘 8서클의 현자라니……."

여기저기서 믿지 못하겠다는 듯한 음성이 튀어나왔다.

"우리는 우리 스스로를 너무 몰랐던 같소. 아군도 제대로 파악하지 못한 우리의 불찰이 너무 크오. 그저 소문이라고만 치부했던 것이오. 우리는 다른 귀족들과 다르다고 스스로 생각했지만 결코 다른 귀족과 다를 바가 없었던 것이오."

드라기 백작이 입을 열었다. 그에 귀족들은 그의 말에 동조하듯이 고개를 끄덕였다. 그들조차도 자신들이 믿고 싶은 것만 믿고 보고 싶은 것만 보고 있었던 것이다.

같은 길을 걸어가고 있음에도 불구하고 말이다. 하지만 솔직하게 이들을 탓할 필요도 없었다. 그것은 코린 왕국에 있는 대부분의 귀족들이 그렇게 하고 있으니 말이다.

그리고 그들은 실제 자신들의 눈으로 제논의 무력이나 클라렌스의 마법을 본 적이 없으니 스스로를 탓할 필요는 없었다. 다만, 여타 귀족들과 다르다는 생각에 중도파를 고수함에도 불구하고 전혀 다르지 않은 자신들의 좁은 생각과 시각을 탓할 뿐이었다.

짜악!

그때 손뼉 소리가 회의실의 정적을 깨웠다. 모두의 시선이 바로 소리가 난 곳으로 향했다. 그곳에는 드라기 백작이 있었다.

"무엇을 하고 있소. 영지전이오. 영지전. 우리 동북부 귀족 연합이 살아남느냐 살아남지 못하느냐 하는 사활을 건 영지전 말이오. 과거는 과거. 지금부터 달라지면 되는 것이오. 그래서 승리하면 되는 것이오."

"그 말이 옳습니다. 오로지 승리만이 살아남을 수 있을 것입니다."

귀족들의 분위기가 변했다. 승리할 수 있다. 살아남을 수 있다는 그렇게 변해가고 있었다. 암울했던 얼굴은 더 이상 암울하지 않았고, 찌푸렸던 모습은 온데간데없이 슬며시 입꼬리가 말아 올라가고 있었다.

그렇게 영지전 준비가 시작되었다. 귀족파들은 귀족파들대로, 국왕은 국왕대로, 동북부 귀족 연합은 귀족 연합대로 서로의 필승을 다짐하면서 말이다. 시간은 빠르게 흘러가고 있었다.

그 빠른 와중에 아이작스 백작은 적의 제2로가 다가오는 곳으로 병력을 출발시켰고, 그에 앞서 이동 거리가 가장 먼 제1군이 출발하였다. 그리고 마지막으로 제논이 영지병과 라이칸 기사를 대동한 채 영주성을 나서고 있었다.

＊　　＊　　＊

"기어코 영지전이 벌어졌습니다."

"크으음."

은밀하고 어두운 곳.

크지 않은 공간임에도 창문 하나 존재하지 않았고, 그저 어린아이 팔뚝만 한 촛대 하나만이 어둠을 밝혀주고 있을 뿐이었다. 그리고 촛불이 흔들릴 때마다 벽에는 두 개의 그림자가 일렁이고 있었다.

그들은 다름 아닌 블랙 맘바의 길드장으로 있는 마이클 레빗과 국왕 직속으로 있는 특수 작전국 국장으로 있는 아담 라로쉬였다. 국왕의 정보와 함께 은밀한 모든 것을 처리하는 두 단체의 수장이 왜 이런 곳에서 마주하고 있을까?

또한 일렁이는 촛불 속에서 마주하고 있는 둘의 표정은 지극히 딱딱했다. 마치 세상의 모든 근심과 걱정을 다 가지고 있다는 듯이 말이다. 둘은 얼굴을 딱딱하게 굳히고 입을 꽉 다문 채 한참 동안 말없이 그렇게 자리하고 있었다.

"하아~ 어찌 국왕 전하께서……."

"이런 말이 맞을지는 모르나 국왕 전하께서는 변하셨습니다."

레빗 길드장의 탄식에 무거운 목소리로 라로쉬 국장이 입을 열었다. 부정하고 싶지만 부정할 수 없었다. 그들의 얼굴은 좀체 펴질 줄 몰랐다. 무엇을 그리 생각하는지 한두 마디의 대화 이후 다시 단절되는 대화였다.

"어찌 보는가?"

레빗 길드장이 물었다. 그에 라로쉬 국장은 그저 레빗 길드장을 바라볼 뿐이었다. 그러다 나직하게 한숨을 내쉰 후 무겁게 입을 열었다.

"국왕 전하께옵서 헤밀턴 공작의 허수아비가 되셨습니다."

"하아~"

그 둘이 여기 이 암실에 모인 이유. 그것은 바로 최근 국왕의 행보 때문이었다. 국왕은 코린 왕국을 바로 세우기 위해 불철주야 노력을 했다. 물론, 그 와중에 많은 불협화음이 있기는 했으나 그것은 영광스러운 코린 왕국을 건설하기 위해서는 충분히 감내할 수 있었다.

하나, 지금은 아니었다. 그들의 머리는 지금 깊은 의문에 잠겨 있었다. 도대체 왜? 도대체 왜 노선을 바꿨는지에 대해서 말이다. 도저히 알 수 없었다. 그렇게 척을 지고 하늘 아래 같이 살 수 없을 것같이 증오심과 적대감이 가득하던 코린 왕국의 국왕이 한순간에 변해 버린 것이었다.

마치 아주 오래전부터 이런 상황을 염두에 두고 있었다는 듯이 말이다. 그러는 와중에 또 한 번 피의 폭풍이 몰아치고 있었다. 그동안 뜨겁지도 차갑지도 않은 미지근한 태도로 일관하던 중도파의 귀족들에 대한 압박이 시작된 것이었다.

물론, 그것이 나쁘다고는 할 수 없었다. 언젠가는 그들까지 모두 회유하여 품어야만 했으니까 말이다. 하지만 중요한 것은 그들에 대한 압박이 아니라, 국왕 스스로가 갖추어진 힘에 의한 것이 아닌 헤밀턴 공작 가문과 오브레임 후작 가문의 힘을 등에 업은 상태에서의 압박이라는 것이었다.

그러는 동안 왕국의 행정 관료가 하나둘 바뀌기 시작했다. 그리고 강압적으로 변모하기 시작했다. 지금의 행정 관료는 모두 귀족파의 일원들로 자리가 변경되었고, 그를 따르지 않는 귀족들이나 반발하는 귀족들에 대한 피의 숙청이 시작되고 있었다.

아니, 아직은 피의 숙청이라는 말이 어울리지 않을지도 몰랐다. 지금은 국왕을 따르는 국왕파의 귀족들에게 일종의 유예 기간이었으니까 말이다.

'따르라. 그렇지 않으면 목을 내놓아라.'

국왕의 말은 그것이었다. 오로지 자신의 말을 따르라는 말뿐이었다. 그리고 또 다른 한마디.

'과거를 청산한다. 헤밀턴 공작 가문이나 오브레임 후작 가문 역시 과인의 신하임에 그들을 배척할 이유가 없다. 이미 그들은 코린 왕국의 귀족이지 않던가?

길고 긴 15년간의 모든 노력이 단 한순간에 무너져 내리고 있었다. 그리고 속속들이 국왕을 따르던 귀족들이 전향을 하기 시작했다. 이 상황에서 라로쉬 국장과 레빗 길드장은 아직도 결정을 내리지 못하고 있었다.

"어제 국왕의 칙사가 매카비 부길드장이 있는 곳으로 출발했습니다."

라로쉬 국장의 말에 레빗 길드장의 얼굴이 딱딱하게 굳어졌다.

"또한, 특수 작전국 역시 강요받고 있습니다. 아니, 강요라기보다는 국왕 직속의 왕국을 위한 기관에서 헤밀턴 공작 가문의 뒷일을 감당하는 공작 가문의 하수인으로 전락할지도 모릅니다."

하나가 된 것은 좋았다. 그런데 이 코린 왕국은 국왕의 것이 아닌 헤밀턴 공작의 것이 되었다. 헤밀턴 공작은 나서지도 않고 오로지 그의 충견이라 일컬어지는 오브레임 후작에 의해 정국이 좌지우지되고 있었다.

그러함에도 국왕은 그것이 옳다 했다.

'과인이 나설 필요 있는가? 어리석은 자를 징치함에 과인이 나설 필요는 없다. 모든 전권을 헤밀턴 공작에게 맡김에

그 대행을 오브레임 후작이 시행할 것이다.'

그 후 국왕은 홀로 칩거에 들어갔다. 라로쉬 국장은 국왕의 폭탄과 같은 발언을 한 국왕의 지근거리에 있었다. 자신의 하고자 하는 말을 모두 내뱉고 몸을 돌려 사라지는 국왕의 모습을 보았다.

그때 라로쉬는 볼 수 있었다. 충혈된 국왕의 눈과 머리를 조아리는 귀족들을 바라보며 나직한 비웃음을 날리는 국왕의 모습을. 그 모습 속에서 떠오른 날카롭게 드러난 송곳니 또한 보았다.

소름이 오싹 돋아났다. 시간이 흘렀음에도 국왕의 그 모습은 아직도 라로쉬 국장의 뇌리에 선명하게 남아 있었다. 아직도 그때의 모습을 생각하면 전신에 흐르는 피가 얼어붙는 것 같은 느낌이 들었다.

"무언가… 잘못 돌아가고 있습니다."

"이미 돌이킬 수 없는 상황이 되었소."

라로쉬 국장의 말에 레빗 블랙 맘바의 길드장은 무언가를 짐작하고 있다는 듯이 입을 열었다. 그에 라로쉬 국장은 그 답을 요구하는 듯 레빗 길드장을 바라보았다.

특수 작전국의 국장을 맡고 있는 만큼 범인과 다른 직관력을 가지고 있는 라로쉬 국장이었다. 라로쉬 국장은 레빗 길드장은 무언가를 알고 있다는 것을 느낄 수 있었다.

"……무언가 아시는 것이 있습니까?"

"……짚이는 것은 있소. 확신할 수는 없지만……."

라로쉬 국장의 질문에 굳은 얼굴을 한 레빗 길드장이었다. 그에 라로쉬 국장은 답을 강요하지 않았다. 그저 레빗 길드장을 바라볼 뿐이었다. 레빗 길드장은 그저 자신의 앞에 있는 진한 향이 묻어나는 술잔만 만지작거릴 뿐이었다.

그의 얼굴은 시시각각으로 변하고 있었다.

너무 미세해 유심히 보지 않으면 절대 알아차릴 수 없을 정도의 변화였으나, 세세한 행동 하나하나를 마치 눈 속에 담기라도 하듯 그를 바라보는 라로쉬 국장은 쉽게 파악할 수 있는 그런 변화였다.

"……그."

마침내 레빗 길드장이 입을 열려 하였다. 그러더니 다시 입을 다물었다. 자신의 앞에 있던 짙은 노란색의 액체를 단숨에 들이켠 후 다시 입을 열기 시작했다.

"알고 있을 것이오. 패트리아스 백작 곁에 부 길드장인 와르셸 남작이 있다는 것을 말이오."

"들어서 알고 있습니다."

"그는 패트리아스 백작의 곁에 머물면서 많은 것을 보고 경험했다고 하오."

"……."

라로쉬 국장은 입을 꾹 닫은 채 레빗 길드장의 말을 경청하기 시작했다. 두 손으로 자신의 앞에 놓인 짙은 노란색의 액체를 물끄러미 바라보더니 그 역시 이내 컵을 들어 단숨에 들이켰다.

그는 직감하고 있었다. 지금부터 흘러나오는 레빗 길드장의 말은 결코 쉽게 들을 수 있는 그런 유의 말이 아니라는 것을 말이다.

"그는 달의 일족들를 보았다고 했네. 실제 패트리아스 백작 휘하의 라이칸 기사단은 달의 일족 3백으로 이루어진 기사단이라고 했네."

"달의 일족… 라이칸 슬로프!"

달의 일족이라는 말을 되뇌는 라로쉬 국장이었다. 달의 일족은 과거에서부터 상당히 많은 말이 있어 왔다. 하지만 결코 현세에 모습을 드러낸 적은 없었다.

그저 과거 시대에 대한 향수 혹은 조부모들이 손자들에게 들려주는 옛날이야기의 한 부분이라고 할 수 있었다. 하지만 특수 작전국이 다시 설립된 이후 심심치 않게 달의 일족을 목격했다는 정보를 많이 접하기는 했다.

실제 한 마을이 달의 일족들에게 전멸당했다는 말이 있어 현장 조사를 했지만 달의 일족의 흔적은 어디에서도 볼 수 없었다. 때문에 그저 소문으로 치부하기에 이르렀다.

그리고.

'하면, 밤의 일족인 뱀파이어도?'

문득 라로쉬 국장의 뇌를 번뜩이며 스치고 지나간 사건이 있었다.

'4년 정도 되었던가?'

아마도 4년 정도 되었을 것이다. 헤밀턴 공작 가문이 있는 동부의 어느 200호 정도의 중급 마을이 단 하루 만에 잿더미가 된 사건이 있었다. 물론, 그 사건은 작전국에서 직접 담당하지는 않았다.

그 연유는 사건이 일어난 곳이 바로 헤밀턴 공작의 영지였기 때문이었다. 헤밀턴 공작 가문은 사건을 빠르게 조사했고 국왕에게 보고했으며, 전국에 수사 결과를 공표하기까지 했다.

평소 헤밀턴 공작 가문이라면 절대 있을 수 없는 그런 신속한 행동이었다. 당시 국왕의 세력이 상당히 늘어난 상태인지라 헤밀턴 공작 가문이 그것을 감안하여 신속하게 조치를 취했다 여겼지만 지금 떠올려 보면 진상 조사가 축소, 혹은 삭제되어 만들어졌을지도 모른다는 생각이 들었다.

"그리고 패트리아스 백작이 영지를 정리할 때 몬스터로 변하는 병사들을 보았다 했네. 그들을 부리는 것은 달의 일족이고 말이네."

"설마… 밤의 일족인 뱀파이어도?"

끄덕.

라로쉬 국장의 물음에 레빗 길드장은 답 없이 고개를 끄덕일 뿐이었다. 할 말이 없었다. 밤의 일족인 뱀파이어와 달의 일족인 라이칸 슬로프. 그 둘은 떼려야 뗄 수 없는 그런 존재였다.

그런 존재들이 이 코린 왕국에 있다는 것이었다. 그런데 순간 라로쉬 국장은 의문이 들었다.

'그런데 왜 갑자기 달의 일족인 라이칸 슬로프의 이야기를?'

"그들을 이끄는 인물은 애덤 던 경으로 오브레임 후작 가문의 기사였네. 바로 몬스터 기사단의 단장이었네."

"후읍!"

숨을 들이킬 수밖에 없었다. 점점 확실시되어 가고 있었다. 이로써 달의 일족인 라이칸 슬로프가 존재한다는 것을 확신할 수 있었다. 하지만 라로쉬 국장의 놀람은 여기서 그치지 않았다.

"그리고 자네… 클라렌스 프라네리온 백작을 알고 있나?"

"물론……."

"프라네리온 백작에 의하면 헤밀턴 공작 가문과 오브레임 후작 가문의 주요 인사들은 뱀파이어라고 하더군. 기사들은 라이칸 슬로프고 말이지…….

눈이 커졌다. 믿을 수 없다는 그런 표정이었다. 그런 라로쉬 국장의 표정을 보던 레빗 길드장은 씁쓸하게 웃으며 옆에 있던 술병을 들어 자신의 앞에 있는 컵에 따랐다.

"나도 그랬네. 그런데 말이지, 자네 본 적 있나?"

"무엇을…….'

"국왕의 눈과 얼굴. 그리고 국왕의 날카로운 웃음을 말이지."

"…….'

본 적 있었다. 그것은 아직도 자신의 뇌리에 뚜렷하게 박혀 생각만 해도 인간이 아닌 모습이 연상되는 그런 모습을 말이다.

"설마…….'

"아니면 지금의 상황을 대체 어떻게 설명할 것인가?"

투욱!

정신이 아득하게 꺼져 가는 것 같은 느낌을 받은 라로쉬 국장이었다.

"문제는 그것이 아니라네."

"그게 무슨."

"국왕과 왕실이 밤의 일족이 되었다면 어떻게 될까? 그리고 국왕을 따르는 귀족들과 그 귀족들을 따르는 기사들은?"

연속적인 레빗 길드장의 물음에 순간적으로 멍한 기분이 된 라로쉬 국장이었다. 지배 계층이 모두 밤의 일족인 뱀파이어가 되고, 그들을 지키는 기사들이 달의 일족인 라이칸 슬로프가 된다면?

　코린 왕국은 사라진다. 밤의 왕국이 된다. 그렇다면 인간은? 그들의 식량이었다. 그들은 인간을 죽이지 않을 것이다. 신선한 피를 제공하는 인간을 노예처럼 사육할 것이다.

　라로쉬 국장은 얼굴을 딱딱하게 굳히고는 입을 굳게 닫아 버렸다. 무엇을 어찌해야 할지 도무지 감조차 잡을 수 없었다.

　'어떻게 해야 한다는 말인가? 이대로, 이대로 코린 왕국은 무너지는 것인가?'

　아니, 코린 왕국은 무너졌다고 해도 과언이 아닐 것이다. 이미 그들의 왕국이지 않은가? 코린 왕국의 지존조차도 밤의 일족이 되어버렸고, 코린 왕국의 유일한 공작인 헤밀턴 공작은 예전에 이미 밤의 일족이 되었고 말이다.

　라로쉬 국장의 얼굴은 수시로 변하고 있었다. 굳었다 펴지고, 분노하듯 달아올랐다 허탈한 듯 식어 내리기를 반복하고 있었다. 그렇게 한참의 시간이 지난 후 라로쉬 국장은 힘이 잔뜩 빠지고 갈라진 목소리로 물었다.

　"희망은… 희망은 있는 것입니까?"

끄덕.

라로쉬 국장의 물음에 고개를 끄덕이는 레빗 길드장이었다. 그런 레빗 길드장의 응답에 오히려 라로쉬 국장은 믿을 수 없다는 표정이 되었다. 이 비참한 상황에서 희망이라니 말이다.

"어떤……?"

"패트리아스 백작이네."

"……."

레빗 길드장의 말에 아무런 의미 없이 그저 고개를 끄덕이는 라로쉬 국장이었다. 아무런 생각이 들지 않았다. 과연 가능할까? 하는 생각조차 들지 않고, 그저 멍한 모습 그대로 인정하는 것도, 인정하지 않는 것도 아닌 그런 상태였다.

"말했을 것이네. 영지전에서 패트리아스 백작은 그들과 싸웠다고 말이네. 그들은 죽었고, 패트리아스 백작은 살아남았네. 그의 곁에는 헤밀턴 공작 가문이 밤의 일족의 소굴임에도 불구하고 살아 돌아온 프라네리온 백작도 있고 말이네."

"또한, 3백의 기사단이 있고 말이지요."

어느새 정신을 차렸는지 늘어졌던 라로쉬 국장이 자세를 바로 하고 초점이 흐려졌던 눈동자에 또렷한 초점을 맞춘 상태로 허리를 꼿꼿하게 세우며 물어왔다.

"그러하네."

"하면… 제가 어찌 해야 합니까?"

라로쉬 국장은 단정 지었다. 이미 국왕과 자신들은 완전히 갈라서게 되었음을 말이다. 더 이상 국왕은 인간이 아니었다. 인간이 아님에 어찌 그를 따를 것인가?

그가 국왕을 따른 이유는 인간으로서 인간을 다스리고자 했기 때문이었다. 하지만 국왕이 인간이 아님에 이제는 인간을 다스리는 것이 아닌 인간을 사육하게 되었다.

자신과 국왕은 완벽하게 반대편에 서서 서로 다른 방향을 바라보게 된 것이었다. 같은 방향을 보고 같은 생각을 하더라도 목적을 이루기란 지극히 요원할진대 서로 다른 방향을 보게 어찌 같이 갈 수 있겠는가?

"남아야 하지 않겠나?"

"예?"

레빗 길드장의 말에 놀라 되묻는 라로쉬 국장이었다. 서로 다른 길을 가고자 하는데 어찌 그의 밑에 남아야 한다는 말인가?

"우리가 남지 않으면, 그를 도울 방법이 없지 않은가?"

"그 말은……."

끄덕.

"그러하네."

레빗 길드장의 말을 이해한 라로쉬 국장이었다. 굳이 설명하지 않아도 충분히 알아들을 수 있었기 때문이었다. 기실 자신들이 그에게 힘이 되는 방법은 그리 많지 않았다.

하지만 여기에 남아 국왕의 수족이 된다면 그에게 힘이 될 수 있는 방법은 많았다. 국왕이 아무리 밤의 일족이 되었다고 하나 일국의 국왕임에, 밤의 일족 중에서도 상당히 높은 위치에 속할 수밖에 없을 것이다.

국왕이 높은 위치에 있다는 것은 그만큼 헤밀턴 공작이나 오브레임 후작 가문에 대한 많은 정보를 그에게 전해줄 수 있을 것이기 때문이었다. 확실히 그 방법이 좋을 듯했다.

"하나, 그러자면……."

라로쉬 국장의 말에 레빗 길드장은 살짝 웃음을 띠며 술잔을 자신의 눈높이로 맞추며 입을 열었다.

"내가 지옥에 가지 않으면 누가 지옥으로 갈 것인가?"

"설마……."

"그 설마가 맞을 것이네."

"……."

입을 다물 수밖에 없었다. 설마라는 것. 그것은 바로 자신들 역시 달의 일족이 되든 밤의 일족이 되어야만 한다는 것이었다. 그렇지 않으면 국왕은 결코 자신들을 중요하게 생각하지도 믿지도 않을 것이며, 오히려 제거하려 들 것이기 때문이었다.

라로쉬 국장 역시 자신의 앞에 놓인 술잔을 자신의 눈높이로 들어 올렸다. 그러한 그의 입가에는 잔잔한 미소가 떠올라 있었다.

"코린 왕국의 영광을 위하여."

"위하여."

그들은 단숨에 술잔을 들이켰다.

탁!

동시에 탁자에 놓여지는 술잔이었다. 그들은 알고 있었다. 자신들의 끝은 죽음이라는 것을 말이다. 하지만 누군가는 해야 할 일이었다. 그 누군가가 자신이 되길 원했다.

그 끝이 죽음이라는 것을 알고 있음에도 말이다. 그들은 술잔을 비우고 일어섰다. 그리고 어깨를 나란히 하여 암실의 문을 열고 나갔다. 레빗 길드장은 나가면서 라로쉬 국장의 어깨를 툭툭 두드렸다.

그들이 문을 열고 나간 밖은 밝은 빛으로 세상을 환하게 밝히고 있었다. 그들은 잠시 밝게 빛나는 하늘을 바라보았다. 평소 같았으면 눈부시게 밝은 햇볕이 짜증이라도 났을 테지만 그들은 왠지 맑고 투명한 하늘을 밝게 웃으며 바라보았다.

"마지막인가⋯⋯."

아마 마지막이 아닐지도 모른다. 하지만 인간으로서 지금의 감정을 다시 느끼지는 못할 것이다.

"가시지요."

"그래. 가지."

그들이 가는 곳은 바로 국왕이 그들을 기다리고 있는 국왕의 집무실이었다. 예전의 밝은 빛을 받기 위해 커다랗게 만들어놓은 창은 온통 검은색 천으로 두껍게 둘러싸 대낮임에도 햇볕이 들지 않은 퀴퀴한 집무실이었다.

국왕은 집무실의 문을 열고 들어오는 둘의 모습을 무심하게 바라보고 있었다. 약간은 붉어진 눈동자. 핏기 하나 없는 창백한 얼굴이 과거의 국왕의 모습은 온데간데없이 사라져 있었다.

강퍅하고 날카로우며 지독히도 차가운 국왕이 레빗 길드장과 라로쉬 국장을 기다리고 있었다.

"결정은 했소?"

"그렇사옵니다."

"결정은?"

"따르겠사옵니다."

"카핫!"

레빗 길드장과 라로쉬 국장의 말에 기괴한 웃음을 짓는 국왕이었다. 레빗 길드장과 라로쉬 국장은 허리를 깊숙이 숙여 부복해 있었다. 그러한 그 둘의 귓등으로 국왕의 걸음 소리가 들려왔다.

"과인을 따르고자 한다면 피의 의식을 치러야 함을 알고 있소?"

"알고 있사옵니다."

"크웃. 좋소. 둘 다 따라오시오."

그렇게 말을 한 후 걸음을 옮기는 국왕이었다. 레빗 길드장과 라로쉬 국장은 부복한 허리를 세우고 조심스럽게 국왕의 뒤를 따랐다. 그가 말하는 피의 의식.

밤의 일족은 그것을 피의 전승이라고 한다. 피의 전승. 피로써 이어지는 의식. 기억을 공유하고 생각을 공유하며 지식을 공유하는 밤의 일족만의 의식이었다.

국왕을 따라 나서는 그들의 모습은 실로 비장하기 그지없었다. 마음을 지워야만 했다. 어쩌면 국왕은 그 피의 의식을 행함으로써 자신들의 지위를 결정할지도 몰랐다.

마음을 지우지 않는다면 자신들은 피만 모두 빼앗긴 채 머미가 되어 세상을 부유하게 될지도 몰랐다. 집무실의 문이 열렸다. 그리고 다시 닫혔다. 그들이 사라진 국왕의 집무실은 괴괴로운 적막만이 감돌았다.

그들이 사라진 몇 시간 혹은 며칠이 지난 후 왕궁은 다시 평화로워졌다. 다만, 과거와는 달리 밤에도 그 활동이 상당해졌음은 분명하였다. 그리고 왕궁이 다시 안정을 찾은 그날 특수 작전국의 인원 몇몇이 은밀하게 왕궁을 나서고 있었다.

아마도 특수 작전을 행하기 위한 것인 듯, 그리고 그중 몇은 패트리아스 백작이 있는 영지 쪽으로 방향을 잡아 어둠 속으로 스며들고 있었다. 그들의 움직임은 절대 인간의 움직임이 아니었다.

*　　　*　　　*

"길드장의 서신이라 했나?"

"그렇습니다."

와르셀 남작은 약간은 머뭇거리면서 특수 작전국 요원의 서신을 받아들었다. 그의 얼굴에는 심각한 망설임이 깃들여져 있었다. 마치 죄를 지은 죄인처럼 말이다.

와르셀 남작은 서신을 받아 들고 흘깃 자신에게 서신을 전한 특수 작전국의 요원을 바라보았다.

'느낌이 달라.'

그랬다. 과거 특수 작전국의 요원들과는 느낌이 달랐다. 굳이 비교하라면 바로 라이칸 기사단의 기사들과 같은 그런 느낌을 받았다.

'설마……'

설마라고 생각을 했다.

"답을 달라고 하시던가?"

"그렇습니다."

"잠시만 기다리게."

요원을 밖에서 기다리게 하고 와르셀 남작은 자신의 집무실 안으로 들어가 친우이자 블랙 맘바의 길드장인 마이클 레빗의 서신을 뜯어 내용을 살폈다.

내용을 읽어가는 동안 점점 와르셀 남작의 손이 부들부들 떨리기 시작했다. 그리고 다 읽은 순간에는 서신을 와락 구겼다. 그는 구긴 서신을 들고 집무실의 문을 왈칵 열고 나갔다.

"이 서신의 내용이 사실인가?"

"저는 알지 못합니다."

"……."

담담한 답에 와르셀 남작은 요원을 쏘아보았다. 살벌한 정적이 감돌았다. 그러기를 한참.

"푸후우~"

와르셀 남작은 길게 답답한 한숨을 내쉬었다. 그리고 집무실 밖에 비치된 의자에 털썩 주저앉아 버렸다. 어떤 내용인지 모르나 서신의 내용은 와르셀 남작이 이성을 잃을 만큼 커다란 충격을 준 것임에 분명했다.

"자네가 연락책인가?"

"그렇습니다."

"자네 역시……."

"그렇습니다."

요원의 말에 멀뚱히 요원을 바라보는 와르셀 남작이었다. 그의 눈에는 아픔이 깃들어 있었다. 요원을 바라보던 와르셀 남작이 고개를 저으며 입을 열었다.

"미안하군."

"제가 선택한 길입니다."

담담하게 말을 하는 요원이었다. 알 수 없다는 듯 복잡한 시선으로 요원을 보다 묻는 와르셀 남작이었다.

"어째서인가?"

"……."

요원은 말이 없었다. 그러다 부동자세로 정면을 바라보고 있다 시선을 내려 와르셀 남작을 바라보았다.

"남작께서는 자녀가 있으십니까?"

"……없네."

고개를 저으며 힘없이 답을 하는 와르셀 남작이었다. 그에 살짝 고개를 끄덕인 요원이었다. 그리고 여전히 담담한 목소리로 입을 열었다.

"적어도 내 자식은 마음 편하게 살게 해주고 싶었습니다."

그것으로 끝이었다. 그 이후로 요원은 아무런 말도 하지 않았다. 와르셀 남작은 한참 그러한 요원을 바라보았다. 그리고 길게 늘어졌던 몸을 일으켜 세우며 요원의 어깨에 올렸다.

"실패할 수도 있네."

와르셀 남작은 결코 성공한다는 말을 하지 않았다. 요원의 눈동자가 아래로 움직여 와르셀 남작을 바라보았다. 요원의 입가가 씰룩였다.

"자식 놈에게 이런 말은 할 수 있지 않을까 합니다. 인간을 위해서 죽었노라고."

요원의 말에 뭔가 가슴 깊은 곳에서 왈칵 솟아남을 느끼는 와르셀 남작이었다. 하지만 결코 겉으로 표현하지는 않았다. 오히려 그의 얼굴에는 씁쓸함이 묻어나 있었다.

"욕이나 안 하면 다행이지. 가세."

"……."

와르셀 남작이 앞장섰다. 그 뒤를 요원이 따랐다. 둘은 말이 없었다. 기다란 회랑 안에는 둘의 걸음 소리만이 존재했다.

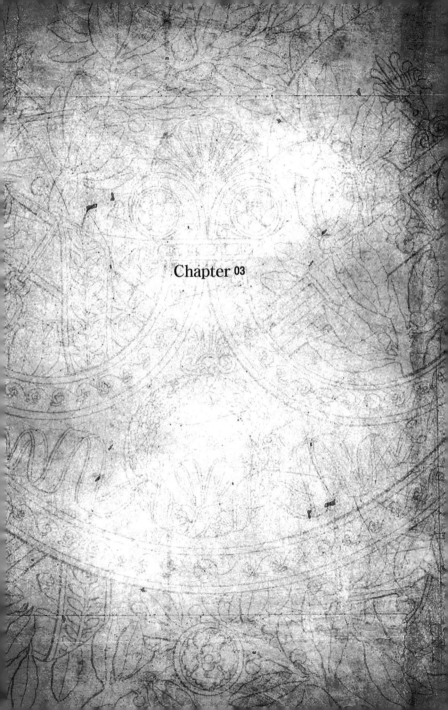

Chapter 03

본래 와르셀 남작은 드라기 백작이 이끄는 1군으로 편입될 예정이었다. 하나, 지금에 와서는 그럴 필요가 없었다. 어찌되었든 자신이 이제는 완연하게 패트리아스 백작의 사람이 되었다는 것을 알려야 하기 때문이었다.

　물론, 패트리아스 백작을 이용해서 더럽게 변한 지금의 상황을 타개할 목적이기는 했지만 어찌되었든 지금의 상황에서 와르셀 남작이 선택할 수 경우는 거의 없다고 봐도 무방했다.

　'아니, 오히려 잘된 것인가?'

　와르셀 남작은 요원과 함께 움직이며 그런 생각을 가졌다.

기실 와르셸 남작은 그동안 상당히 심적 동요를 일으키고 있었다. 바로 이상과 현실 사이에서 벌어지는 지독한 괴리감이었다.

코린 왕국의 귀족으로서 위로는 국왕에 충성하며 국익을 위해야 했으며, 아래로는 왕국민을 편안하게 다스려 왕국의 발전을 도모해야만 했다. 그것은 이상이었다.

지금의 세상을 살고 있는 모든 이들의 이상 말이다. 한때 와르셸 남작은 그것이 가능할지 모른다는 꿈에 젖어 있었다. 국왕은 그 가진 바 의지가 확고했다.

국력을 갉아먹고 있는 귀족들의 반대편에 서 그들과 정면으로 맞설 준비까지 했고 말이다. 그 와중에 벌어지는 부당한 피 흘림과 용납할 수 없는 사건은 그저 국익을 위하여 희생해야만 했다.

안타깝지만 대를 위해서 소를 희생해야 한다는 관점이었다. 그랬다. 그렇게 해서 왕국의 힘이 강력해졌으면 좋았을 것이다. 하나, 왕국의 힘은 강해지지 않았다.

노예들은 더욱더 늘어났고, 평민들의 삶은 개혁을 추진하기 이전보다 더욱 어려워졌다. 국왕의 힘이 강해진 만큼 귀족의 힘은 강해졌고, 행정 조직은 파벌 싸움으로 더욱더 피폐해지고 있었다.

그러한 사실을 와르셸 남작은 몰랐다. 블랙 맘바의 본부에 있을 때, 세상을 머리로만 재단하려 할 때는 몰랐다. 평민들이 얼마나 힘들어하고 있으며, 노예가 어떻게 살고 있으며, 왕국민들이 국왕이나 혹은 귀족들을 어떻게 생각하는지 말이다.

그래서 이상을 좇을 수 있었다. 하나, 블랙 맘바의 본부를 떠나 명목상 패트리아스 백작이 안정될 때까지 그를 원조해주는 입장에 서서 세상을 돌아다니게 되자 자신의 생각이 잘못되었다는 것을 느낄 수 있었다.

만약 와르셀 남작이 판에 박힌 생각을 가진 그런 귀족이었다면 그는 고민하지 않았을 것이다. 하나, 그는 귀족이기는 해도 세상과 어느 정도 접해 있는 어쌔신 길드의 부 길드장이었다.

때문에 그의 생각은 빠르게 바뀔 수 있었던 것이다. 과거에는 이상을 좇았다면 지금은 현실을 좇고 있었다. 그 현실 속에서 미래에 대한 희망을 발견하고자 노력하고 있는 것이었다.

그가 그렇게 갈등을 하고 있을 때 블랙 맘바의 길드장으로부터 서신을 받은 것이다. 때문에 와르셀 남작은 마음을 정리하는 데 시간과 심력을 소모할 필요가 없었다.

아니, 오히려 홀가분하다는 표정으로 패트리아스 백작이 진군한 곳을 향해 말을 내달릴 수 있었다. 1, 2, 3군으로 나누어져 각 작전 지역으로 병력이 출발한 지 겨우 이틀이 지났을 뿐이었다.

말을 빨리 달린다면 충분히 따라 잡을 수 있는 거리였다. 와르셀 남작은 말에 채찍을 가했다. 무기도 장비도 별로 필요 없었다. 그는 그저 자신을 전담하는 요원과 함께 뿌연 먼지를 날리며 내달릴 뿐이었다.

그리고 마침내 저 앞으로 패트리아스 백작이 이끄는 영지군이 보였다. 불과 5천에 지나지 않은 병력 때문인지 꽤나 빠르게 행군을 하고 있었다. 덕분에 3군의 꼬리를 따라 잡는 데 상당한 시간이 소요되기는 했지만 말이다.

"하아~"

영지군이 보이자 와르셀 남작은 더욱 빠르게 다가가기 위해 말에 채찍질을 가했다. 그때 후방을 경계하던 열 명 정도의 무리가 그에게로 다가왔다. 후방을 지키는 척후조라 할 것이다.

"정지! 누구냐!"

"와르셀 남작이네!"

말을 멈춰 세우며 와르셀 남작이 입을 열었다. 이미 병사들은 패트리아스 백작 영지에 있는 귀족들 대부분의 인상착의를 알고 있는 상황. 조장으로 보이는 자가 대번에 와르셀 남작을 알아보았다.

"무슨 일이십니까?"

"각하를 뵈러 왔네."

"잠시 동행해 주시기 바랍니다."

"그러지."

조장이 와르셀 남작의 옆에 서고 나머지 인원이 와르셀 남작과 요원을 둘러쌌다. 그리고 남은 한 명이 어른 주먹보다 약간 작은 둥근 수정구를 꺼내 통신을 요청하고 있었다.

영광의 탑에서 지급된 이동용 통신 수정구였다. 각 제대에 통신용 수정구를 비치토록 입안한 것이 바로 와르셀 남작 자신이었기에 그 효용성에 대해서는 충분히 인지하고 있었다.

"앞으로 한 시간 정도 가면 중식을 위해 행렬을 멈춰 세운다 합니다. 그때 각하와 만나실 수 있다 합니다. 물론, 지금 달려가신다 해도 충분히 면담이 가능합니다."

"그런가? 고맙군. 하면 먼저 가봐도 되겠는가?"

와르셀 남작이 자신을 둘러싸고 있는 척후조가 불편했던지 턱짓으로 앞을 가리키며 말을 했다. 그에 조장이 말을 멈추고 손짓을 하자 그를 둘러싸고 있던 조원들이 길을 텄다.

"고맙군. 그럼 수고하게."

"살펴 가시길."

와르셀 남작은 조장의 말을 듣는 둥 마는 둥하고 말의 엉덩이를 채찍으로 내리치며 빠르게 행군 진영의 본진으로 내달렸다. 이미 그의 머리에서 척후조는 별 의미 없어진 지 오래였다.

그가 그렇게 말을 달려 앞으로 나아가자 얼마 되지 않아 행렬을 이끌고 있는 제논을 볼 수 있었다. 그의 옆에는 클라렌스와 스웬슨, 그리고 젠슨이 서 있었다.

그들의 시선이 와르셀 남작에게로 향했다. 와르셀 남작은 그들에게 살짝 눈인사를 보내고 말을 서서히 몰아 제논의 옆으로 다가갔다. 그리고 말 머리를 나란히 하여 말을 몰아갔다.

"1군은 어찌하고?"

"1군은 제가 아니더라도 충분합니다."

와르셀 남작의 말에 그를 빤히 쳐다보는 제논이었다. 와르셀 남작은 결코 무리한 결정을 하지 않는 인물이었다. 그만큼 주도면밀하고 생각이 깊은 자라는 것이었다.

그런데 그러한 자가 자신에게 이리 말한다는 것은 분명 무언가 있다는 것을 의미하는 것일 게다. 제논은 그 말을 듣고 싶었다.

"그러한가? 하면, 어쩐 일인가?"

"여기……."

제논의 물음에 와르셀 남작은 자신의 품속에서 자신이 읽었던 편지와 함께 동봉된 서신을 제논에게 건넸다. 서신을 잠깐 일별하던 제논이 이내 그 서신을 받아 들고 말을 몰아가는 도중에 읽어 내려가기 시작했다.

잠깐의 시간이 흘렀다. 제논은 편지를 들었던 손을 내리고 다시 말고삐를 잡고서는 멀리 정면을 바라보았다. 그리고 그저 흘리듯 말을 내뱉었다.

"……어려운 길을 택했군."

"그렇지 않으면 그들에 대한 정보를 얻어내기가 쉽지 않기 때문입니다."

마치 남의 일처럼 말을 하는 와르셀 남작이었다. 그에 제논은 와르셀 남작을 바라보았다.

"아무렇지도 않은가?"

"……그렇지는 않습니다."

와르셀 남작은 침중한 음색으로 제논의 물음에 답을 했다. 하지만 어쩔 수 없었다. 이것은 정보를 다루는 이들이 비애라고도 할 수 있었다. 같은 태양 아래 살아가지만 자신들은 언제나 음지에서 일을 했기 때문이었다.

그들이 그렇게 자신을 희생하는 이유는 바로 왕국을 위해서이다. 자신을 위해서도 아니고 왕국을 위해서. 나를 희생시키고 가족을 속이고, 세상을 속이는 것이었다.

아프고 힘들다. 후세에 자신들을 어떻게 평가할지도 두렵다. 만약 여기서 패트리아스 백작이 패배한다면 자신들은 물론, 자신들의 가족들까지 모두 형장의 이슬로 사라질 것이었다.

그러함에도 그들은 왕국을 위해 자신들을 소멸시키고 있었다. 왜 그럴까? 대체 무엇 때문에. 과거에는 그런 생각을 하지 않았다. 하지만 지금은 한다. 왜냐하면 그럴 만한 가치가 있는지에 대해서 생각하기 시작했기 때문이었다.

인간은 살아간다. 그런데 그냥 살아가지 않는다. 과거에는 한 가지 절대적인 목적을 향해 맹목적으로 살아갔다면 지금은 조금 달라졌다.

'어떻게 살아갈 것이며, 어떻게 죽을 것인가?'

이런 물음이 뇌리를 지배하게 되었다. 잘살고 잘 죽어야만 했다. 그 속에는 수없이 많은 방법이 존재했다. 해답이 없는 방법 말이다. 그리고 지금 희생을 결정한 그들은 희생을 통해 그 해답을 찾아가고 있는 것이었다.

제논의 시선은 와르셀 남작의 눈동자를 직시하고 있었다. 순간 와르셀 남작은 자신이 발가벗겨진 것 같은 그런 느낌을 받고 있었다. 하지만 그렇다고 해서 자신의 생각을 바꾸고자 하지는 않았다.

그러한 와르셀 남작의 생각을 읽었음인지 제논은 그저 말 없이 고개를 끄덕일 뿐 별다른 말을 하지 않았다. 하나, 그의 표정은 결코 밝지 않았다. 분명 아군의 전력이 늘어났음에도 불구하고도 말이다.

"확실히 그렇겠지."

와르셀 남작의 속내를 이해한다는 듯이 툭 내뱉는 무덤덤한 제논의 말속에는 왠지 모를 비애가 느껴졌다. 와르셀 남작은 그 감정을 조금은 알 것 같았다. 시대가 죽음과 배신을 강요하고 있었다. 환란의 시대가 아니었다면 그들은 결코 그런 길을 택하지 않았을 것이다.

자신 또한 지금의 길을 선택하지 않았을 것이며, 패트리아스 백작 역시 지금과 같은 복수의 길을 선택하지 않았을 것이다. 그가 입에 달고 사는 개인적인 복수는 이미 개인적인 것을 뛰어 넘고 있었지만 말이다.

"해서 본작에게 원하는 것이 무엇인가?"

"……"

제논의 물음에 물끄러미 그를 바라보는 와르셀 남작이었다. 묻고 있었다. 서신을 읽었다면 서신 속에 전해진 그들의 마음을 읽었을 것이다. 그런데도 제논은 자신에게 물었다.

"왕국을 살려주십시오."

"……"

이번에는 제논이 멀뚱하게 와르셀 남작을 바라보았다. 한참을 그렇게 와르셀 남작을 바라보던 제논이 길게 한숨을 내쉬며 고개를 흔들었다.

"지금 귀작이 본작에게 하는 말이 무슨 말인지 알고 있는 가?"

"알고 있습니다."

"이 왕국을 살리려 한다면 수많은 귀족과 지금의 왕족 모 두를 죽여야만 하네. 그 말은 바로 이름만 남기고 모든 것을 갈아치워야 한다는 것을 의미하네."

그러했다. 와르셀 남작은 바로 그 말을 하고 있었다. 코린 왕국의 존속이란 바로 그 수밖에 없었다. 이미 서신 속에는 모든 것이 들어 있었다. 헤밀턴 공작 가문과 오브레임 후작 가문.

그리고 그들을 따르는 귀족들과 기사들. 또한, 그들에게 돌 아선 현 국왕까지. 모든 것이 들어 있었다. 왕국의 절반에 가 까운 귀족들이 죽여야 했고, 그들을 따르는 기사들을 죽여야 만 했다.

말이 왕국을 살리는 것이지 모든 것을 바꾸는 것이었다. 그 것은 스스로 왕위에 오르라는 것과 마찬가지였다.

"그리고 결론적으로 본작은 왕위 따위는 원하지도 않는다 는 말이네. 왕위는 본작에게는 맞지 않는 옷과 같은 것일 뿐. 그 옷은 본작보다는 드라기 백작이 더 어울릴 것이야."

제논의 말에 와르셀 남작은 항변을 하고 싶었다. 하나, 와 르셀 남작의 항변은 결코 입 밖으로 나오지 않았다. 바로 확고부동한 제논의 눈동자 때문이었다.

"하지만 도와달라면 도와줄 수는 있지. 다만, 이 전쟁은 결코 왕국을 새롭게 바꾸는 것만으로 끝나지 않을 것이네."

제논이 하는 말에 와르셀 남작은 다행이라는 듯, 큰 걱정을 덜었다는 듯 한숨을 내쉬었고, 또한 이어지는 그의 말을 이해했다는 듯이 고개를 끄덕일 수밖에 없었다.

모든 것은 근원을 없애지 않은 한 그저 미봉책일 따름이라는 것을 알기 때문이었다. 그리고 지금 이 순간 와르셀 남작은 자신이 섬겨할 사람이 누군지를 결정하고 있었다.

물론, 그것을 제논이 받아들일지는 모를 일이나 와르셀 남작은 자신만의 주군을 결정한 것이었다. 강요가 아닌 자신의 자의에 따른 결정 말이다.

"알고 있습니다."

"그렇다면 되었네."

제논은 와르셀 남작을 받아들였다. 그의 입장에서는 여전히 와르셀 남작과는 계약적인 관계였지만 와르셀 남작의 입장에서는 이전과는 완전히 다른 관계가 정립되었다.

바로 이제는 제논 패트리아스 백작을 자신의 주군으로 결정했기 때문이었다. 그가 자신을 받아들일지 아닐지는 문제가 아니었다. 받아들이지 않는다 해도 상관없었다.

이 정도 인물이라면 죽는다 할지라도 한 번 목숨을 바쳐볼 만한 사람이라 생각하기 때문이었다. 결정을 한 와르셀 남작은 말에서 내려 제논의 말 앞에 섰다.

제논은 갑작스러운 와르셀 남작의 행동에 물끄러미 그를 바라보았다. 그에 와르셀 남작은 작은 미소를 입에 머금은 채 한쪽 무릎을 꿇고 오른손을 가볍게 쥐어 가슴에 댄 후 고개를 숙였다.

"아리에 와르셀이 삼가 제논 패트리아스 백작 각하께 충의와 신의, 그리고 피의 맹세로 맺어진 가신으로 귀의할 것을 청합니다."

제논의 표정은 무덤덤했다. 반면에 클라렌스나 스웬슨의 표정은 기꺼운 표정이었다. 스웬슨 남작 정도라면 먼저 청하고 싶을 정도로 욕심이 나는 인물이기 때문이었다.

"죽고 싶다는 데에야 말릴 이유가 없지. 작전 계획을 마련해 보도록 하게."

그 말을 남기고 제논은 말의 배를 차고 앞으로 휘적휘적 걸어가 버렸다. 그의 옆에는 여전히 클라렌스가 그림자처럼 따르고 있었다. 와르셀 남작은 자신이 받아들여졌다는 생각에 기뻐하면서도 툴툴거리는 제논의 모습에 약간은 입맛이 썼다.

그때 그의 곁으로 스웬슨이 다가와 와르셀 남작의 얼굴을 툭툭 치면서 입을 열었다.

"신경 쓰지 마시게. 저런 적이 어디 한두 번인가?"

딴은 스웬슨의 말이 맞기는 했다. 지금까지 보아온 제논은 말을 지극히 아끼는 타입이었으니 말이다.

"그건 그렇고 작전을 세우려면 머리 좀 아프겠군."

"그야 소작이 할 일이니까요."

"부탁함세."

"알겠습니다."

그렇게 스웬슨 남작은 패트리아스 백작의 가신이 되었다. 그리고 그가 가신이 된지 정확하게 이틀이 지난 후 제논에게 건의해 작전을 설명할 기회를 가지게 되었다.

"요는 가장 먼저 클라렌스의 광역 마법이 터지고, 뒤를 이어 나와 스웬슨, 그리고 젠슨이 이끄는 3백의 라이칸 기사단의 투입이라는 것이로군."

"그렇습니다."

"그러는 동안 병사들은 그들을 포위하고 말이지."

"그렇습니다."

와르셀 남작의 작전에 별다른 이의를 제기하지 않는 제논이었다. 실제 자신을 비롯한 3백의 기사를 어찌해 볼 수 있는 이들은 없었다. 물론, 그들이 같은 라이칸이거나 혹은 밤의 일족이라면 모를까 말이다.

그렇다 하더라도 자신과 클라렌스 그리고 스웬슨이 있는

한은 쉽지 않았다. 결코 쉽게 목숨을 버릴 이유는 없었다. 그리고 모든 시선이 자신들에게 쏠렸을 때 외곽을 넓게 포위한다면 생각보다 빨리 전투가 끝날 수 있었음이었다.

"좋군. 그렇게 하지."

그러한 제논을 보며 실로 오랜만에 미소를 떠올리는 와르셀 남작이었다. 그는 인정받고 있었다. 완벽한 패트리아스 백작 가문의 군사로서 말이다. 또한, 오랫동안 그의 가슴을 짓누르고 있으며 방황하도록 만든 모든 것이 해소됨에 자신 있는 작전을 만들어낼 수 있었다.

며칠 후.

캔트주에서 제논의 5천 병력과 산드라고사의 랜디 백작이 이끄는 3만 4천의 병력이 마주보고 있었다. 누가 보아도 엄청난 전력 차이를 보여주는 그러한 전력이었다.

때문에 제논이 이끌고 온 5천의 병력을 바라보는 산드라고사의 랜디 백작의 얼굴에는 비웃음이 가득 걸렸다.

"푸후~ 패트리아스 백작이 다급하기는 다급했나 보구만. 겨우 5천으로 만의 병력을 막으러 나오다니 말이야."

"그러게 말입니다. 이거 전투가 너무 일찍 끝나는 것 아닌지 모르겠습니다. 모름지기 전투란 같은 병력 혹은 배 이상의 수를 상대해야만 그 승리의 쾌감이 배가되는데 말입니다."

랜디 백작의 말에 그의 옆에 있던 귀족이 호전적인 말을 늘어놓았다. 평소 같았으면 인상을 찌푸릴 만도 한 말이었으나 랜디 백작은 기분이 매우 좋았던지라 오히려 호쾌함을 느끼고 있었다.

"하하. 맞습니다. 맞아요. 저들을 일거에 제압하고 빠르게 패트리아스 백작 성으로 달려가 항복을 받아내야 합니다. 귀족들의 무서움을 보여주어야 합니다."

그에 다른 귀족들 역시 맞장구를 쳤다. 이미 그들은 승리를 기정사실화하고 있었다. 어찌 그렇지 않겠는가? 고작 5천의 병력이었다. 물론, 3백에 이르는 기사들이 제법 위력적으로 보이기는 하지만 자신들이 보유한 기사의 수만 해도 무려 1천 1백이다.

거기에 마법사들이 1백 7십을 넘으니 마법사들이 먼저 마법 공격을 실시하고 그 뒤를 이어 기사들의 돌격과 함께 3만 4천의 병력으로 밀어붙이면 전투는 반나절도 걸리지 않아 수월하게 끝이 날 것이었다.

"누가 선봉에 서겠는가?"

"소작이 서겠습니다."

담담한 랜디 백작의 말에 호랑이처럼 부리부리한 눈에 까칠한 수염이 돋아난 이가 앞으로 나섰다.

"오~ 스테이지의 게이지 자작. 좋소. 그대에게 5천의 병력과 기사 5백 그리고 마법 병력 50을 주겠소."

"승리를 각하께 바치겠습니다."

그렇게 말을 하고 게이지 자작은 등 뒤로 칙칙한 검은색 망토를 두른 후 말 위로 올라 선봉으로 나설 준비를 하였다. 그러한 게이지 자작을 믿음직스럽게 바라보는 랜디 백작이었다.

"허어~ 게이지 자작이 좋은 기회를 잡았군요. 이런 기회는 좀체 오지 않는데 말이지요."

몇몇의 귀족은 서둘러 전투를 준비하는 게이지 자작을 보며 부러운 목소리로 말을 했다. 그들은 반드시 승리한다는 생각을 가지고 있었다. 3만 4천의 병력 중 선봉이 5천이라고는 하지만 선봉이라는 의미 자체가 중요했다.

승리하든 패배하든 선봉의 뒤에는 무려 2만 9천이 버티고 있다. 적의 예봉을 꺾지 못해도 좋은 것이 이번 선봉의 역할이었다. 실로 이런 선봉은 찾아보기 힘든 것이라 할 수 있었다.

그러니 부러워할 수밖에 없었다. 선봉으로 나서 적의 예봉을 꺾지 않아도 되는 그런 선봉이 어디 있겠는가? 하지만 사실 이것은 랜디 백작의 노림수였다.

선봉이 나서 승리를 한다면 좋다. 하지만 승리하지 못할 수도 있다. 승리하건 못하건 지금의 랜디 백작의 수는 귀족들의 경쟁심을 부추기고 있는 것은 명확했다.

"자자. 뭣들 하고 있는 것이오. 선봉이 모든 전과를 가져가기를 원하는 것이오? 그저 보기만 할 것이오?"

랜디 백작의 말은 금방 효과를 드러냈다. 그저 바라볼 귀족들이 아니었다. 선봉이 나갔다고는 하지만 그 선봉이 반드시 승리하라는 법은 없으니. 그리고 적의 진영이 무너지면 곧바로 치고 들어가도 좋았다.

모든 작전권을 선봉에 맡긴 것은 아니니 말이다. 때문에 귀족들의 얼굴에는 희색이 돌았다. 끼어들 여지가 충분히 있었으니 말이다. 귀족들은 재빠르게 자신의 진영으로 돌아가 전열을 가다듬기 시작했다.

뿌우우우~

둥! 두둥~ 두둥!

뿔 나팔이 울렸고, 전고가 들판을 가득 채웠다. 모든 귀족의 시선이 이제 막 맞붙을 선봉과 적의 병력이 있는 곳으로 향했다. 멀리 있지 않아 조금이라도 눈이 좋은 이라면 전체적이 상황을 한눈에 알아볼 수 있을 정도였다.

"마법사는 마법을 준비하라!"

"기사는 전열을 가다듬고 돌파를 준비하라!"

"방패 들어! 장창 들어!"

게이지 자작이 이끄는 진영은 일순 시끌벅적해졌다. 그와 함께 랜디 백작이 이끄는 진영에 소속된 귀족들 역시 움직이기 시작했다. 준비를 하지 않고 기회가 온다면 모처럼 주어진 기회를 놓칠 우려가 있기 때문이었다.

그러한 와중에 몇몇의 귀족은 그러한 귀족들에 휩쓸리지 않고 자리를 지키며 전장을 예의 주시하고 있었다. 그들은 랜디 백작 휘하에 있었으나 랜디 백작이나 부산하게 움직이는 귀족들과 또 달랐다.

"패트리아스 백작이 직접 참여했다 합니다."

"그렇다는 말이지?"

랜디 백작의 진영에 참여한 15명의 귀족 중 5명에 해당하는 이들이었다. 그들의 위치는 랜디 백작을 중심으로 감싸고 있는 귀족들과 조금은 동떨어져 있었다.

어찌 보면 마치 따돌림 당하는 듯이 말이다. 하나, 그들은 아무렇지도 않다는 듯이 무심하기만 했다. 한 가지 특이한 것은 그들의 모습은 다른 귀족들보다 훨씬 창백한 안색을 하고 있다는 것이었다.

"우리가 공을 세울 수 있는 것인가?"

"하지만 원래의 힘을 사용하려면 시간이 필요합니다."

다섯 명의 귀족 중 중심에 위치한 자 바로 옆의 귀족이 입을 열었다. 그에 그들을 이끄는 귀족은 그들의 면면을 한 번씩 훑어보았다.

골드코스트의 보고시안 남작, 글로스터의 브레이디 남작,

엘코의 카라로 남작, 그리고 자신의 영지 바로 옆에 붙어 있는 쿠퍼스타운의 페리에로 남작이었다.

비록 자신을 포함해서 이들 모두 남작이기는 하지만 남부에서 패트리아스 영지로 진격하는 병력의 실제적인 무력을 담당하고 있는 다섯이었다. 물론, 그러한 사항을 랜디 백작은 모른다.

그저 따르는 귀족들을 자신이 지휘한다고만 알고 있을 뿐이었다.

"준비는?"

"위장은 완벽합니다."

그의 옆에 있던 코퍼스타운의 스콧 페리에로 남작이 입을 열었다. 그에 고개를 끄덕인 마르시아노 자작은 인상을 살풋 찌푸리며 하늘을 쳐다보았다. 밝은 하늘이 거슬린다는 표정이었다.

"한나절은 족히 싸워줘야 할 터인데……."

"질 것이라 생각하십니까?"

"아니……."

"하면?"

마르시아노 자작의 말에 네 명의 남작은 의문의 얼굴이 되어 되물었다. 질 것이라 보지 않는다. 그런데 그의 말에서 나오는 것은 살짝 불길함이 담겨져 있었다.

"패트리아스 백작의 무용이 걸리는 게지."

"훗! 소문입니다. 손톱처럼 작은 사실을 어리석은 영지민들이 오우거의 크기만큼이나 부풀린 소문입니다."

마르시아노 자작의 말에 걸걸한 보고시안 남작이 코웃음 쳤다.

"소문이라……."

"그렇습니다. 소문입니다. 소문에 경각심을 가질 필요는 없다고 봅니다."

언제나 자신감 넘치는 보고시안 남작이었다. 하나, 보고시안 남작의 자신감에 찬 음성에도 불구하고도 마르시아노 자작의 얼굴은 펴질 줄 몰랐다.

"그리 큰 걱정을 하실 필요는 없을 듯합니다. 겨우 5천으로 3만 4천을 막아낼 수는 없습니다. 아무리 패트리아스 백작에 대한 소문이 사실이라고 할지라도 무려 일곱 배가 넘어가는 병력은 결코 어찌할 수 없는 벽이라 할 수 있습니다."

"……."

그나마 보고시안 남작과는 달리 조금은 신중한 모습을 보이고 있는 카라로 남작이 마르시아노 자작을 안심시키고 있었다.

'하긴 그럴 수도.'

자신이 이끌고 온 병력은 라이칸 슬로프 3백과 키메라가

된 병력 3천, 그리고 2세대 뱀파이어 3백에 이른다. 이들이라면 지금 당장 랜디 백작의 병력과도 전투를 치러도 충분히 승리할 수 있을 정도의 전투력이었다.

마르시아노 자작이 그런 생각에 잠겨 있는 동안 그는 등골이 섬뜩해질 정도의 거대한 마나의 파동을 느끼게 되었다.

'뭐지?'

마르시아노 자작을 비롯한 네 명의 시선이 그 거대한 마나의 파동이 전해지는 곳으로 향했다. 그리고 그들의 눈은 더이상 커질 수 없을 정도로 찢어질 듯 부릅떠졌다.

"라그나 블라스트(Lagna Blast : 역 오망성을 이용하여 역 오망성이 있는 위치에 불길이 치솟게 하는 7서클의 마법)!"

"허억!"

"저런……."

그들이 바라보는 곳. 그곳에는 화산이 폭발한 듯 검붉은 불길이 치솟아 오르고 있었다. 보이는 것은 모두 태우고 녹이고 있었다. 뭉클 솟아오르는 검은 연기는 보는 사람의 오금을 저리게 할 정도였다.

말도 안 되는 일이었다. 라그나 블라스트는 7서클의 마법이었다. 그것은 1세대 아니 진혈은 되어야 겨우 펼칠 수 있는 마법의 극의라 할 것이었다. 그런데 그런 7서클의 마법이 펼쳐진 것이었다.

라그나 블라스트의 뜨거운 기운이 훅하며 밀려들었다. 숨을 들이쉼과 동시에 딸려 오는 뜨거운 공기는 입안은 물론, 숨을 들이쉰 허파마저 익어버리게 할 정도였다.

그리고 이어지는 또 다른 엄청난 굉음.

콰가가가강!

"크아아악!"

"사……."

"후, 후퇴하……."

순식간이었다. 순식간에 5천에 달하는 병력이 뿔뿔이 흩어지고 있었다. 보무도 당당하게 햇빛을 받아 찬란한 광채를 머금던 방패와 병자기는 온데간데없고, 5천의 병력이 진주한 그 한가운데 오로지 세 명의 인물만이 자리하고 있었다.

"라이칸 기사단 돌겨억!"

그때 다시 그들의 귓등을 때리는 소리. 바로 꿈에도 잊지 못할 목소리였다.

"젠슨 스트라우스."

마르시아노 자작이 으르렁거렸다. 그의 얼굴이 푸들거리며 떨리고 있었다. 무언가 대단한 감정을 가지고 있는 듯 마치 철천지원수를 만난 것처럼 말이다. 목소리만으로도 그를 알아차릴 수 있을 정도의 존재라는 것이 바로 그것을 증명하는 것일 게다.

"보고시안 남작은 3백의 라이칸 슬로프를 대동하고 그를 막는다."

"그러면 우리의 존재가 드러날 수 있습니다."

마르시아노 자작의 말에 브레이디 남작이 반대를 하고 나섰다. 눈동자가 붉게 변해 가고 있던 마르시아노 자작의 시선이 그에게로 향했다.

"어차피 드러날 것이 아닌가? 그 시기가 조금 앞당겨질 뿐이다."

"하지만 하달받은 명은 분명……."

"본작이 책임진다."

"……."

책임진다는 말에 브레이디 남작은 입을 닫았다. 이미 마르시아노 자작은 결심을 굳히고 있는 것이었다. 이럴 경우 어쩔수 없었다. 적이 바로 눈앞에 있는 상황에서 같은 아군끼리 반목할 이유는 없었다.

"뭐하나?"

마르시아노 자작의 말에 보고시안 남작은 빠르게 사라지고 있었다. 그는 그저 명령에 죽고 명령에 살면 그뿐이었다. 명이 떨어졌으니 그 명을 지키기만 하면 되는 것이다.

그리고 보고시안 남작 역시 젠슨 스트라우스에게 상당한 감정을 가지고 있었다. 불현듯 그의 가슴 어림이 저려 옴을 느끼고 있었다.

"젠슨 스트라우스으~"

보고시안 남작이 커다랗게 으르렁거리며 젠슨이 있는 곳으로 향했다. 그 소리는 젠슨도 들었고, 스웬슨도 들었으며, 제논과 클라렌스도 들었다. 그리고 그들은 자신들을 향해 쇄도해 오는 3백의 기사를 바라보고 있었다.

"라이칸이로군."

젠슨 역시 자신의 이름을 부르며 쇄도해 오는 이들을 보았다.

"에릭 보고시안!"

"아는 놈이냐?"

젠슨이 이름을 부르자 스웬슨이 물었다.

"손을 좀 봐줄 필요가 있는 놈이지요."

젠슨의 말에 스웬슨이 씨익 웃었다.

"가능하지?"

"형님 힘을 빌리고 싶지는 않소."

"그래. 그럼 혼자 잘해. 괜히 힘 빼지 말고. 할 일이 첩첩산중이다."

스웬슨의 장난 같은 말에 슬쩍 웃는 젠슨이었다. 3만의 병력이 눈앞에 있지만 전혀 긴장하지 않는 이들이었다. 이미 스웬슨을 제외하고 제논과 클라렌스는 드잡이질을 시작하고 있었다.

"저놈들이 왔다면 피죽도 못 먹은 얼굴을 한 놈들도 왔을 가능성이 높겠군."

"그놈들은 아마 이런 대낮에는 나서지 않을 가능성이 있습니다."

젠슨의 말에 그냥 히죽 웃는 스웬슨이었다.

"안 나오면 나올 때까지 패면 되지. 다 골로 가게 생겼는데 안 나오고 베길까?"

"큭. 알아서 하시길. 전 우선 저놈을 좀 패야겠습니다."

쑤화악!

그 말과 함께 앞으로 튕겨져 나가는 젠슨이었다. 튕겨져 나가면서 그의 모습은 전투형으로 변하고 있었다. 그것은 젠슨을 향해 쇄도하는 보고시안 남작 역시 마찬가지였다.

"크와아앙!"

"새끼. 냄새나게스리."

퍼걱! 파가각!

둘이 부딪혔다. 그저 스쳐 지나간 것 같은데 무언가 터져 나가는 듯한 소리가 들려왔다. 그것을 시작으로 6백의 라이칸들이 변신하여 전투가 시작되었다.

그들의 곁에는 어떠한 병사들도 존재하지 않았다. 그들의 변신한 모습에 기가 질려 버린 병사들 혹은 무기를 버리고 도망가 버리는 병사들이 부지기수였기 때문이었다.

"허엇! 저, 저게 대체 뭐란 말인가?"

여기저기 흩어져 전장을 지켜보고 있던 귀족들의 눈이 찢어질 듯 부릅떠졌다. 특히 랜디 백작은 가장 높은 곳에서 느긋하게 전장을 지켜보던 차였다. 그러한 그가 몸을 벌떡 일으키며 놀란 목소리로 외치고 있었다.

기실 그가 더 놀래야 하는 것은 대단위 마법과 그 중앙에 나타난 네 명 인물의 무력이겠으나 아직은 개전 초기인지라 놀란 와중에도 침착함을 유지할 수 있었다.

하지만 지금은 아니었다. 생전 들도 보도 못한 존재가 눈앞에서 그것도 6백여의 수가 나타났으니 경악하지 않을 수 없었던 것이었다.

"라이칸 슬로프요."

그때 옆에서 친절하게 들려오는 목소리에 랜디 백작의 얼굴이 소리가 날 정도로 돌아갔다.

"그대는……."

"에블린의 데이브 마르시아노 자작입니다."

랜디 백작은 무슨 말을 하려 했다. 하지만 차마 입이 떨어지지 않았다. 붉게 변한 마르시아노 자작의 눈동자가 더욱 투명하게 붉어지자 순간 랜디 백작의 눈동자가 풀어졌다.

랜디 백작의 이지가 제압당한 탓이었다. 그에 마르시아노 자작의 입가에는 득의만만한 미소가 떠올랐고, 그의 입이 열렸다.

"마르시아노 자작, 대체 이것이 무슨 일인가?"

그때 랜디 백작과 같이 있던 세 명의 귀족이 노호성을 터뜨렸다. 감히 자작이 주제에 어디 백작의 앞에서 허리를 꼿꼿하게 펴고 오만한 말투를 하느냐는 것이었다.

그리고 평소 귀족파의 일원임에도 별달리 귀족파의 일에 참여하지 않아 따돌림을 당하고 있던 주제 파악도 못한 귀족이 말이다. 세 명의 귀족의 눈동자는 분명 그것을 말하고 있었다.

그때였다.

콰직!

"컥!"

"끄륵!"

"읍!"

세 마디의 단발마가 터져 나왔다. 기사들은 검에 손을 가져갔고, 그대로 뽑아 들 기세였다. 하나, 그들은 검을 빼 들 수 없었다. 어느새 그들의 목에 대어져 있는 날이 시퍼렇게 서 있는 서늘한 검 때문이었다.

보고시안 남작을 제외하고 남은 세 명의 귀족이 랜디 백작을 따르던 귀족 세 명의 목덜미를 물고 있었다. 그들의 목덜

미에서는 핏방울이 흘러내리고 있었다.

그리고 숨이 끓어질 듯 헐떡이면서 눈꺼풀이 파르르 떨렸다. 순식간에 창백하게 변해가는 세 명의 귀족. 그들을 바라보며 날카로운 송곳니를 드러내는 마르시아노 자작.

하나 다시 시선을 돌려 랜디 백작을 향한 순간, 정신을 점령당하면서 이지를 잃어 초점이 흐려진 마르시아노 자작이었다. 그의 입에서는 조용하지만 음산한 명령이 떨어졌다.

"전군을 진격시키도록."

"명을 따릅니다."

어느새 이지를 잃어 초점이 흐려져 멍하게 변한 랜디 백작의 눈동자였다. 그에 마르시아노 자작의 입가에는 만족한 웃음이 떠올랐다. 그동안 세 명의 귀족은 쓰러질듯 무릎을 꿇고 있었다.

그러다 그들의 입이 점점 벌어지기 시작했다. 그들의 벌어진 입 사이로는 어느새 뾰족하고 날카로우며 위험해 보이는 송곳니가 자라나 있었다. 그와 동시에 그들의 목덜미를 물고 있던 세 명의 귀족이 고개를 들어올렸다.

입가는 붉은 피로 물들어 있었다. 또한 붉은 눈동자와 창백한 안색이 도드라지고 있었다. 기사들은 마른침을 삼키고 있었다. 도대체 이게 무슨 일이란 말인가?

그때 마르시아노 자작의 고개가 까딱였다. 그에 호위 명목으로 있던 열댓 기사의 목이 두둥실 허공으로 떠올랐다. 단숨에 목을 잘라 버린 것이었다. 핏물이 목을 친 기사들의 전신을 적셨다.

그들은 핏물을 피하지 않았다. 아니, 오히려 그 핏물을 즐기는 듯하였다. 그들의 입가에 싱그러운 미소가 떠올랐다. 붉은 혀가 얇은 입술을 뚫고 나와 얼굴에 묻은 피를 핥았다.

"전구운! 진격하라! 진격하라!"

랜디 백작이 외쳤다. 그에 그의 명을 받은 전령들이 커다란 소리로 외치기 시작했다. 한순간에 선봉전만으로 끝날 것 같던 전투가 3만 4천의 병력 모두를 투입하게 된 것이었다.

귀족들은 반색했다. 혹시나 자신들의 순서가 오지 않을지도 모른다는 생각을 가지고 있었기 때문이었다. 쉬운 전투에서 승리하여 공을 가져야 하지 않겠는가?

진격하라는 말과 함께 각 귀족들이 거느린 마법사들은 일제 마법을 영창하기 시작했다. 아무리 다급해도 선후가 있는 법이다. 마법사를 전시용으로 둘 것도 아니고 사용해야 하니까 말이다.

"파이어 볼(Fire Ball)!"

"파이어 웨이브(Fire Wave)!"

수없이 많은 마법이 라이칸 기사단과 제논, 클라렌스, 그리고 스웬슨을 향해 쇄도해 들어갔다. 하나 그중 누구도 마법을 두려워하지는 않았다.

"프로텍트 프롬 매직(Protect From Magic)!"

우우웅!

공명음이 들려왔다. 그와 함께 반원 모양의 투명한 무언가가 3백의 기사와 함께 네 명을 감싸기 시작했다.

투둥! 투두둥!

빠바방! 빠바박!

깨지고 부서지는 소리가 들려왔으나 그 어떤 마법도 그들에게 상해를 입힐 수는 없었다. 1백이 넘어가는 마법사가 한꺼번에 그 투명한 막을 두드렸지만 전혀 효과가 없었다.

"뭐지?"

귀족들의 눈썹이 치솟았다. 그에 반해 마법사들의 얼굴은 급격하게 창백해져 가고 있었다. 수없이 두드렸지만 전혀 깨지지 않은 투명한 막. 또한 그 막으로 급격하게 빨려 들어가는 마나.

과도한 마나의 사용과 마나의 분산으로 인해 마나 역류가 일어날 지경이었다.

"커허억!"

기어코는 한 명의 마법사가 한 줄기 실낱같은 핏물을 흘리며 뒤로 떨어져 내렸다. 귀족들은 어이가 없었다. 말도 안 되는 상황이었으니 말이다. 공격은 제대로 해보지도 않았는데 핏물을 게워내는 마법사가 있으니 눈살이 절로 찌푸려졌다.

"에잉~ 이건 뭐. 대체 평소 단련을 어떻게 했기에."

만일 마법사들이 그 말을 들었다면 두 눈에 불을 켜고 대들었을 것이다. 하나, 지금 마법사들은 강력한 마나의 힘에 의해 체내에 있는 마나를 다스리기조차 버거운 상황.

자칫 입을 열었다가는 그 순간 바로 피를 토하며 죽을 수도 있는 상황이었다.

"쓸모없는 것들. 전군 진격하라!"

"돌격하라! 돌격하라!"

귀족들은 아직도 지금의 상황을 파악하지 못하고 있었다. 마법에 대한 무지와 병력에서 오는 오만함 때문이었다. 그리고 아직 패트리아스 영지군조차 보이지 않는다는 것을 인지하지 못하고 있었다.

귀족들의 명에 의해 병사들이 진격했다. 미친 듯이 소리를 지르며 달려 나갔다. 그리고 그들이 전장에 도달할 무렵 좌우에서 수천의 함성이 터져 나왔다.

좌우에서 물밀듯 밀려들어 오는 패트리아스 영지군이었다. 하나, 귀족들은 코웃음 쳤다. 말 같지도 않는 전력이었다. 그들은 대충 상황을 짐작할 수 있었다.

원래는 포위를 했어야 하지만 병력이 부족했다. 좌우에서 허리를 들이치는 방법밖에 없었던 것이다. 이것은 병력의 수에서 완벽하게 밀리기 때문에 취할 수밖에 없는 작전이었다.

불과 3백의 기사와 네 명만 있음에도 불구하고 따로 작전을 구사하지 않고 그대로 밀어붙이고 있는 것이었다. 그래도 되니까. 설사 마스터가 있다 해도 중과부적인 숫자는 어쩔 수 없으니까.

하나, 귀족들은 한 가지를 간과하고 있었다. 마스터는 1인 군단이라 했다. 1개 구단이 과거 5천이지만 지금은 2~3만. 한데 과거의 잣대가 아직도 적용되고 있다는 것을 간과하고 있었다.

물론, 1인 군단이라는 말이 전략적인 말이기는 하지만 그렇다 하더라도 결코 간과해서는 안 되는 것이었다. 그렇다고 귀족들이 제논이 마스터일 것이라고 생각하지도 않고 있었다.

"어리석은! 파이어 레인(Fire Rain : 화염의 비가 떨어지는 6서클의 마법)!"

클라렌스는 6서클의 마법을 아무런 주문 영창도 없이 사용하고 있었다. 그녀의 한마디에 그녀가 가리키는 지점 반원 30미터는 무수히 많은 화염이 떨어져 내렸다.

"크아악!"

"뜨, 뜨거워!"

"도, 도망쳐!"

"마, 마녀다! 불의 마녀닷!"

순식간에 불의 마녀라는 별명이 생겨 버린 클라렌스였다. 하나 그녀의 입가에는 차가운 미소만이 걸려 있었다. 또한, 그녀는 더 이상 죽어가는 이들에 관심을 가지고 있지 않았다.

"마녀라~ 멋지군. 적에게 죽음을. 기가 라이데인(Giga Lighthein : 라이데인의 강화판으로 엄청나게 굵은 수만 볼트의 전기가 상대의 위에 떨어지는 6서클의 마법)."

인세의 지옥이 여기 있었다. 청명한 대낮임에도 불구하고 하늘에서는 태양보다 밝은 빛 무리가 쏟아져 내렸다. 눈이 부셔 차마 눈을 뜨고 쳐다볼 수 없을 정도의 밝은 빛이 떨어져 내리고 있었다.

콰콰카가가각!

비명도 없었다. 그저 죽어갈 뿐이었다. 대지가 검게 타오르고 있었다. 그 두 번의 마법으로 병사들은 무기를 버릴 수밖에 없었다. 도저히 어떻게 해볼 존재가 아니었다.

있다면 그녀로부터 멀리 멀리 도망쳐 그녀의 시선으로부터 사라지는 것뿐이었다. 그것은 병사뿐이 아니었다. 그녀를 향해 쇄도하던 기사들도 마찬가지였다.

"으어어어~"

어떤 말로도 그녀의 위용을 설명할 수 없었다. 허공에 두둥실 떠올라 붉고 밝은 빛을 사방으로 뿜어내는 그녀는 마치 여

신과 같았다. 그 모습을 본 기사들과 병사들은 똑같이 이율배
반적인 생각을 하고 있었다.

'어째서… 아름다운 거지?'

그녀는… 아름다웠다. 전장에서 피가 진득하게 흘러내리
고, 살이 타는 냄새가 코끝을 감싸고, 방금 전까지 시시껄렁
한 대화를 나누던 동료를 녹여 버렸지만 그녀는 여전히 아름
다웠다.

Chapter 04

불과 얼음. 그리고 휘황하게 그녀를 감싸고 있는 둥근 원
모양의 무엇은 모든 이들에게 그렇게 비쳤다. 지독하게도 현
실과 괴리감을 느끼게 만들었다. 그것은 모든 이들을 오히려
공포보다 더 공황상태로 몰아넣고 있었다.

　스웬슨은 먼 거리에서 그녀의 모습을 바라보았다. 평소에
는 평온하기 그지없었으나 전투에 관해서는 그 누구보다 냉
정한 그녀였다.

　"형수님이 힘 좀 쓰시는구만."

　그가 멀거니 그녀를 바라보며 감상에 젖는 순간 누군가의

검이 그의 등 뒤를 찔러 들었다.

카가강!

불꽃이 튀었다. 스웬슨의 등 뒤를 찔러 갔던 병사는 눈이 휘둥그레 커질 수밖에 없었다. 기사들처럼 풀 플레이트 메일을 걸친 것도 아니었다. 그저 간단한 레더 메일에 살육이 그대로 드러난 전신이었다.

그런데 검이 피륙을 뚫지 못하고 불꽃이 튀었다. 순간 무언가 잘못되었다는 생각을 한 병사였다. 그리고 그의 손아귀에 전해지는 아찔한 충격. 그 충격은 손목을 타고 어깨를 타 전신을 가로지르고 있었다.

짜릿한 전율.

하나 그 전율이 오래가지는 못했다. 느끼지 못하는 사이 병사의 목은 이미 몸과 분리되어 있었기 때문이다. 피분수를 일으키며 떨어져 내리고 있는 병사를 무심하게 바라보는 스웬슨.

3미터에 달하는 거구. 거기에 보통 사람만 한 두 개의 배틀엑스. 피가 튄 그의 신체와 함께 압도적인 무력은 주변의 병사들에게 죽음의 공포로 인식되었다.

털썩!

"으으으~"

병사 한 명이 그 자리에서 털썩 주저앉아 버렸다. 그 병사의 눈동자에는 공포가 깃들어 있었다. 절대 어쩔 수 없는 거대한 공포를 말이다. 스웬슨의 광폭한 눈동자가 병사의 아랫도리를 바라보았다.

누런 액체. 병사는 주저앉아 그저 입을 벌리고 공포에 젖은 눈동자로 스웬슨을 바라볼 뿐이었다. 그에 스웬슨은 피식 웃어버리며 시선을 돌렸다. 이미 아무런 위협이 되지 못한 병사였다.

스웬슨의 무표정한 얼굴이 주변을 둘러보았다. 그를 둘러싼 병사들 역시 방금 전 주저앉아 오줌을 지리는 병사와 크게 다르지 않았다. 스웬슨이 걸음을 옮겼다.

마치 정원을 산책하듯이 말이다. 그의 주변에는 정적이 감돌았다. 하나 그 정적은 오래가지 않았다. 정적을 깨뜨리는 목소리가 전장을 울렸기 때문이었다.

"공겨억! 공격하라!"

"물러서지 마라! 물러서는 자는 내 검에 죽을 것이다!"

바로 귀족들과 기사들이었다. 이미 마법사들은 아주 너무나도 간단하게 무력화되었고, 남은 것은 그러한 마법사들을 비웃는 기사와 귀족뿐이었다. 그리고 뱀파이어와 그를 따르는 기사들은 웬일인지 작금의 사태를 그저 보기만 할 뿐이었다.

"커허어억!"

병사 한 명이 입에서 피를 뿜으며 앞으로 쓰러졌다. 순간 의문이 드는 병사는 죽은 병사가 있는 곳을 바라보았다. 그곳에는 검에 피를 묻히고 냉랭한 얼굴로 자신들을 바라보는 기사가 있었다.

"분명히 말하였다. 물러서는 자는 내 검에 죽을 것이라고!"

"……."

병사들은 순간 또 다른 두려움에 젖어 들었다. 그리고 체념하기 시작했다.

'이래 죽으나 저래 죽으나……'

그때 그들의 귓등으로 들려오는 절망적인 목소리!

"돌겨억! 돌격하라!"

"물러서는 자 이 검에 죽을 것이다!"

기사들의 외침이 그들의 체념에 불을 질렀다. 병사들은 이를 악물었다. 어차피 죽는 것 아니겠는가? 모든 것을 체념한 병사들은 커다란 악다구니를 내뱉으며 도저히 상대조차 되지 않는 상대를 향해 거침없이 뛰어 들었다.

"우와아아악!"

"죽어! 죽으란 말이닷!"

"제발 좀 죽어라!"

"으허어엉! 죽으란 말이다, 죽어!"

그들은 애원을 하고 있었다. 아니, 어쩌면 자신을 빨리 죽여 달라고 하는지도 몰랐다. 그러한 그들을 바라보며 스웬슨의 눈동자는 더욱더 싸늘해지기 시작했다.

그리고 그의 눈동자가 방금 전 병사를 죽인 기사를 향하기 시작했다. 그곳에는 일단의 기사들이 비릿한 웃음을 머금은 채 마상 위에서 거만한 웃음을 짓고 있었다.

이 전장의 상황과는 전혀 다른 생경하기 그지없는 자세였다. 도대체 전장을 어떻게 생각하는 것인가? 그저 자신들의 욕심을 채우기 위한, 자신들의 검에 피를 묻히기 위한 그런 파티쯤으로 생각하는 것인가?

실제 기사들과 귀족들은 전장의 상황에 대해서 제대로 인지하지 못하고 있었다. 왜냐하면 그들이 살아온 시간 속에서 전쟁이라는 것을 겪어본 적이 별로 없기 때문이었다.

물론 30년 전이나 15년 전 상당히 큰 파고가 있기는 했지만 그것은 그저 일방적인 상황이었지 않은가? 전쟁이라고 할 수 없었다. 전투라 할 수 없었다.

그 두 번을 제외하면 코린 왕국의 귀족들과 기사들은 근래 50년 들어 제대로 된 전투를 치러본 적이 없었다. 있어 봐야 겨우 몬스터 토벌전 정도?

물론 영지전도 있었다. 하지만 영지전이 정말 전쟁이라 말할 수 있는 수준이었을까? 하고 생각한다면 답은 당연히 '아니오'라고 할 수 있었다. 영지전조차도 그저 계파들의 정치적인 놀음에 의해 결정이 나는 경우가 대부분이었으니 말이다.

그러한 판국에 여기에 나온 기사들과 귀족들이 과연 전투를 알 것인가? 머리는 인식하고 있지만 몸으로는 절대 알 수 없었다. 그저 머릿속 상상에서만 존재하는 하나의 뜨거운 피흘림?

그 정도일 뿐이었다. 어찌 보면 겪어보지 못한 이들의 돌이킬 수 없는 로망일지도 모른다. 기사들의 꿈이자 귀족들의 꿈.

전쟁이 일어나고 뜨거운 피와 욕지기가 흘러나오는 전투 속에서 동료애가 피어나고, 승리를 하며, 그 속에서 기사로서 자부심을 다지고 귀족으로서 그 명예를 드높이는 꿈 말이다.

지금 전장을 지휘하는 기사들이나 귀족들은 그 꿈속에서 헤매고 있는 것이었다. 아직 깨어나지 못하고 있었다. 왜냐하면 아직 자신들의 신체에 고통이 전해지지 않았기 때문이었다.

곁에 있던 동료가 죽지 않았기 때문이었다. 한마디로 실감하지 못하고 있었다. 병사들이 바로 눈앞에서 죽어감에도 불구하고 말이다. 그리고 그들이 병사를 죽이면서 전진을 말하는 연유는 병사는 인간이 아니기 때문이었다.

언제든지 불러모을 수 있고, 언제든지 대체 가능한 것이 병사이기 때문이었다. 이들이 죽으면 영지에서 다시 병사들을 긁어모으면 되기 때문이었다. 그러하니 어찌 전투다운 전투가 있을 것이며, 전투의 치열함을 알 것인가?

그러한 것을 단번에 꿰뚫어보는 스웬슨이었다. 그의 입가에는 그의 눈동자와 같이 스산한 웃음이 떠올랐다.

"알려주지. 전쟁이 무엇이라는 것을 말이지."

쿠와아악!

그 혼잣말과 동시에 스웬슨의 거구가 떠올랐다. 도저히 믿을 수 없을 만큼의 빠른 움직임이었다. 인간이 아닌 것처럼 느껴지는 스웬슨의 움직임. 그에 병사들을 그에게 몰아넣고 느긋하게 후방에서 대기하고 있던 기사들과 귀족들의 입이 쩍 벌어졌다.

"저… 저……."

일순 스웬슨 주변이 조용해졌다. 병사들은 목표가 없어졌음에 할 말을 잃었고, 귀족들과 기사들은 그 엄청난 거구의 몸을 마치 가벼운 깃털인 양 하늘로 떠올려 자신들을 향해 떨어져 내리는 모습을 보고 할 말을 잃었다.

"죽엇!"

콰과가가강!

스웬슨은 떨어져 내리며 자신의 도끼를 몰려 있는 기사들을 향해 집어 던졌다. 무지막지한 속도로 떨어져 내리는 그의 거대한 배틀 엑스. 그러한 배틀 엑스에는 황금색의 투명한 무언가가 뒤집어 씌워져 있었다.

"마, 막아!"

누군가 외쳤지만 동시에 기사들의 뇌리에 떠오른 하나의 단어가 있었다.

'어떻게?'

맞다. 대체 어떻게 막으란 말인가? 하늘에서 떨어져 내리는 두 개의 배틀 엑스를 말이다. 검으로? 활을 쏘아서? 창을 집어 던져서? 거대한 황금색의 배틀 엑스를 보는 순간 기사들은 수만 가지의 생각이 떠올랐지만 대체 어떤 방법으로 그것을 막아낼지 결정할 수 없었다.

그러는 순간 거대한 두 개의 배틀 엑스가 기사들이 몰려 있는 곳 양쪽 중앙으로 떨어져 내렸다. 바로 그 순간 기사들은 시간이 갑자기 느리게 흐르고 있다는 생각이 들었다.

그리고 그들은 볼 수 있었다. 거대한 배틀 엑스가 대지를 강타하는 그 순간을 말이다. 너무나도 뚜렷하게 보였다. 배틀 엑스는 대지에 깊숙하게 박혔다. 그와 동시에 대지가 마치 호수라도 되는 양 물결의 파동이 사방으로 퍼지기 시작했다.

쿠우울렁!

콰콰가가각!

잔잔한 호수에 물결이 퍼지듯 그 충격파는 사방을 점유하며 퍼져 나가기 시작했다. 그리고 그 위에 서 있던 기사들과 전마들이 미친 듯이 솟아오르기 시작했다.

"크하아악!"

"피, 피해!"

거대한 충격파는 그저 충격파로만 끝나지 않았다. 하늘로 떠오른 전마의 배를 향해 솟아 오른 뾰족한 송곳 모양의 흙의 창이 있었다. 그리고 그대로 전마의 배를 꿰뚫어 버렸다.

떠오른 기사들 역시 마찬가지였다. 전마를 타고 있던 그들. 그들 역시 전마와 함께 꼬치가 되어 두 동강이 나버렸다. 허허로운 공간에 뿌연 피 안개가 퍼지기 시작했다.

검붉고 진득한 핏줄기가 사방을 적셨다. 그 뾰족한 흙의 창을 피해 다시 대지 위에 떨어져 내린 기사들이라고 해서 안전한 것은 아니었다. 어느새 대지를 강타하며 떨어져 내린 두 개의 거대한 배틀 엑스는 스웬슨의 양손에 쥐어져 있었다.

"전쟁이……."

콰가가각!

스웬슨은 양손에 쥔 배틀 엑스를 수평으로 펴더니 그대로 회전하기 시작했다. 그렇지 않아도 거대한 그의 체구인데 양팔을 벌리고 회전하기 시작하자 그를 중심으로 회오리가 형성되기 시작했다.

작은 회오리였지만 그 회오리는 얼마 안 있어 검붉은 피로 이루어진 폭풍으로 변해가기 시작했다. 죽은 전마가 떠오르고 기사가 떨어뜨린 병장기가 그 폭풍 속으로 휘말려 들기 시작했다.

"장난이더냐?"

"크하아악!"

"네, 네 이노오옴!"

"죽여! 죽으란 말이닷!"

공포 속에서 기사들은 분노를 느꼈다. 단 한순간이었다. 무수히 많은 동료 기사가 죽었다. 죽은 기사들의 피와 살점이 살아 있는 기사들의 얼굴과 풀 플레이트 메일을 가득 메웠다.

그에 두려움을 느끼면서도 분노를 느끼고 있는 기사들이었다. 방금 전까지 옆에서 히히덕거리며 쓸데없는 잡담을 나누었던 동료였다. 그런데 단 한순간에 그 모든 것이 사라져 버렸다.

기사들은 병사들과 다르지 않았다. 미친듯이 스웬슨을 향해 쇄도하는 이가 있는가 하면 너무나도 황당한 지금의 상황에 제대로 반응하지 못해 그저 말고삐를 잡고 멍하니 바라보는 이도 있었다.

공포는 이성을 마비시키기도 하지만 본신이 가진 힘 이상을 내게 하기도 하기 때문이었다. 다양한 반응이 쏟아지는 기사들. 스웬슨은 그들을 보면서 하얗게 웃었다.

"하면, 장난의 무서움을 보여주지."

스웬슨은 용서할 생각이 없었다. 특히 기사들이나 귀족들을 말이다. 스웬슨의 거구에서 폭풍 같은 기세가 떠올랐다.

"미, 미친 피의 폭풍이다……."

그랬다.

스웬슨은 폭풍이었다. 그의 주변에 자욱하게 떠돌고 있는 검붉은색의 피와 그에게 달려드는 기사들의 후각을 마비시키는 비릿한 혈향 속에 우뚝 선 폭풍이었다.

젠슨과 클라렌스 그리고 스웬슨이 각자 자신의 맡은 바 임무를 충실히 하고 있는 동안 제논 역시 기계적으로 자신의 곁으로 다가오는 병사들을 베어 넘기고 있었다.

그는 마치 감정이 없는 것처럼 움직였다. 골렘? 고대의 골렘이 살아 돌아온다면 바로 제논과 같은 모습일 것이었다. 제논은 그저 일직선으로 나가고 있었다.

주변을 돌아보지도 어디에 한눈을 팔지도 않았다. 그저 앞으로 나갈 뿐이었다. 때문에 병사들은 어느 정도 시간이 지나자 슬금슬금 물러나며 제논의 지나가는 길을 열고 있었다.

비켜나면 길을 막지 않는다면 결코 죽이지 않는다는 것을 알게 된 병사들이었다. 그들은 자신의 감정에 충실했다. 덕분에 지금 제논의 앞을 가로막는 이는 매우 드물었다.

"이노옴! 죽어랏!"

누군가 한 명이 노호성을 터뜨리며 제논의 앞길을 가로막았다. 하나, 제논은 그자를 쳐다보지도 않았다. 단지 3미터의 창을 간단하게 휘두를 뿐이었다.

서걱!

검과 함께 몸통이 두 동강이 난 사내였다. 그것이 시작이었을까? 그 후로 계속적으로 제논의 앞길을 막는 이들이 나타나기 시작했다. 제논의 체구는 그리 크지 않았지만 백발과 함께 붉은 수실이 달린 그의 창은 혼란한 전장 중에서도 확연하게 눈에 뜨이기 때문이었다.

또한, 마법을 난사하는 클라렌스나 라이칸 슬로프로 변신하여 싸우는 젠슨, 혹은 거대한 체구와 어울리는 거대한 배틀엑스를 마치 포크 휘두르듯 휘두르는 스웬슨보다는 훨씬 수월하게 보인 탓도 있었다.

그리고 결정적으로 그 특이한 외모 때문에 제논의 인상착의가 많이 알려졌다는 것이었다. 하니 당연히 귀족들과 기사들이 그에게로 몰릴 수밖에 없었다. 그를 잡으면 이 전투에서 가장 큰 공을 세운 것이니 말이다.

"크하하! 패트리아스 백작! 그 목을 내놓아라!"

턱석부리의 기사가 제논을 향해 정면으로 달려들었다. 제논은 그저 단순하게 창을 앞으로 쭈욱 내밀 뿐이었다. 그 단순한 동작에 그를 향해 달려들던 기사의 심장이 꿰뚫렸다.

하나, 기사들의 쇄도는 멈추지 않았다. 이미 그들의 뇌리에는 제논을 잡아야만 한다는 생각이 온통 장악하고 있었기 때문이었다.

'이놈만. 이놈만 잡으면……'

'으흐흐흐. 이 전투에서 가장 큰 공은 바로 본작이 세울 것이다.'

그러했다. 귀족들과 기사들은 공에 눈이 멀었다. 또한, 일반 병사들이 그를 상대할 수 없음을 다행이라고 생각했다. 때문에 상당수의 귀족과 기사가 제논에게로 향하고 있었다.

제논의 창이 다가오는 검을 빗겨 막았고, 회전하며 창준이 상대의 목젖을 꿰뚫었다. 또 다른 검이 제논의 등을 노렸고, 제논의 신형은 어느새 말과 나란히 달리고 있었다.

목표를 잃어버린 검은 허무하게 다시 돌아갔다. 하나, 검이 돌아갔다고 해서 검의 주인이 죽지 않는 것은 아니었다. 말과 같이 달리던 제논의 신형이 다시 말 위에 나타났고, 제논은 그대로 드러누우며 창을 쭈욱 뻗어냈다.

수많은 마상장검이 제논이 있던 곳의 허공을 스쳐 지나갔다. 제논의 창은 어김없이 한 명의 목숨을 빼앗고 있었다. 화려함은 없었다. 그저 단순한 찌르기로 벌써 몇십, 몇백의 병사나 기사의 목숨을 취하고 있었다.

힘을 최소화한 제논의 움직임. 그래서 그런지 제논의 이마에는 땀 한 방울조차 흘러내리지 않고 있었다. 호흡 역시 평온한 그대로였다. 시간이 지남에 따라 기사들과 귀족들은 뭔가 이상함을 느끼기 시작했다.

분명 자신들의 수는 상대보다 무려 일곱 배나 많았다. 그런데 어느 순간 그 수가 점점 줄어들기 시작한 것이다. 게다가 얕보았던 적의 병사 전력은 정예 중의 정예라 할 정도로 대단했다.

병사 둘이면 여느 기사들과 맞붙을 수 있을 정도였다. 그러하니 일반 병사들이 그들을 감당하기란 쉽지 않았다. 그리고 3백의 라이칸과 네 명의 무작스러운 무용은 전세를 완전히 뒤엎을 정도로 대단하였다.

물론 그렇다 하더라도 여전히 다섯 배가 넘는 병력이 남아 있었다. 하나, 이상하게 점점 전세가 패트리아스 백작 영지군 쪽으로 기운다는 생각을 지울 수 없는 귀족들과 기사들이었다.

다섯 배라 하여도 솔직히 압도적인 군세였다. 그런데 그런 압도적인 군세로도 자신들이 이끄는 귀족군의 병력이 잘 보이지 않았다. 보이는 것이라고는 패트리아스 백작의 영지군이요, 과연 인간이 맞을 성싶나 하는 네 명의 괴물이었다.

병력적으로 압도하고 있음에도 불구하고 귀족들과 기사들은 초조해지고 불안해졌다. 그에 그들은 점점 서둘기 시작했다. 병력을 몰아붙이고, 스스로 전장에 끼어들어 검을 휘두르고 창을 휘둘렀다.

그에 다시 전장은 팽팽해지기 시작했다. 실제 다섯 배가 넘어가는 병력으로 전장이 팽팽해졌다는 말이 가당치도 않았지만 전장은 그렇게 팽팽해졌다. 하나, 그것은 잠시였다.

꽈드드등!

마치 천둥이 치는 것처럼 거대한 소리가 전장을 울렸다. 전투를 벌이고 있던 이들의 눈이 소리가 난 곳으로 집중되었다. 그리고 그들은 볼 수 있었다. 수많은 검편과 풀 플레이트 메일의 조각, 그리고 퍼져 나가는 피 무지개를 말이다.

일반 병사도 아니고 병사들과는 그 수준을 가늠할 수 없을 정도로 강한 기사들이 한꺼번에 터져 나가고 있었다. 그리고 그 가운데 말의 안장 위에 두 발로 꼿꼿이 서 있는 제논의 모습이 보였다.

백발이 바람에 휘날렸다. 창의 끝을 잡고 옆으로 내린 창끝에는 붉은색 수실이 나풀거리고 있었다. 그 모습은 실로 오연하여 도저히 범접할 수 없을 그런 모습이었다.

만약 전장의 신의 모습이 현신한다면 바로 그가 말 위에 서 있는 그 모습 그대로일 것이다.

"오라! 나 제논 패트리아스의 목을 원하는 자는 오라! 나 여기 있음에 그대들을 기다림이라!"

사방으로 퍼져 나가는 제논의 오연한 외침. 그 혼자 오롯하게 전장의 적들을 향해 외치고 있었다. 기다리고 있다고. 하니 와서 나에게 도전하라고. 물론 도전의 끝은 죽음이겠으나 그 모습 하나로, 그 외침 하나로 두려움에 젖어 있던 기사들과 귀족들의 웅심을 들끓게 하기는 충분했다.

"와하하하! 에블린의 맨즈너가 백작의 목숨을 원하오!"

한 명의 귀족이 말과 함께 앞으로 튀어 나갔다. 죽음을 위해 달려갈진대 맨즈너의 입에서는 광소가 튀어나오고 있었다. 그러한 모습을 멀리서 지켜보고 있던 마르시아노 자작이 눈을 살짝 찡그리며 혀를 찼다.

"쯧!"

그가 보는 관점에서 패트리아스 백작은 지극히 영악했다. 단 한 번의 외침으로 모든 시선을 자신에게로 향하게 했고, 다수가 덤벼들지 못하게 한 것이었다. 그리고 기사들과 귀족들은 그 수에 넘어가고 있고 말이다.

하지만 그를 뭐라 할 수는 없었다. 마르시아노 자작이 가진 전장은 모든 것이 허용된다. 전장에도 예가 있다고 하는 얼토당토않은 말은 살아남고 나서 할 말이었다.

전쟁이나 역사. 그 두 가지는 살아남는 자의 것이다. 죽은 자는 말이 없고, 역사의 뒤안길로 사라진 자는 사서의 한쪽 귀퉁이조차 차지하지 못하며, 차지한다 해도 지극히 간단하거나 왜곡될 따름이었다.

날이 서서히 어두워지기 시작했다. 그리고 곁을 지키고 있던 얄팍한 인상의 귀족 한 명이 그의 옆으로 다가갔다. 그에 마르시아노 자작의 입이 기다렸다는 듯이 열렸다.

"얼마나 죽었는가?"

"대략 6천 정도입니다."

전투가 개시되어 반나절 동안 무려 6천의 병력이라면 상당히 많은 병력이 죽은 것이었다. 하나 마르시아노 자작은 마치 별것 아니라는 듯한 표정으로 무덤덤하게 입을 열었다.

"괜찮군."

지극히 건조한 음성. 그뿐만 아니었다. 그를 보좌하는 귀족들 역시 다르지 않았다. 오히려 더 잘되었다는 표정을 짓고 있었다.

"지금 실행하실 요량이십니까?"

자신을 보좌하는 귀족의 물음에 답을 하지 않은 마르시아노 자작은 하늘을 올려다보았다. 어느새 날은 점점 저물어가고 있었다. 벌건 대낮에 시작되었던 전투가 밤까지 이어지고 있는 것이었다.

"준비를 해야 할 것 같군."

"명을 따릅니다."

물러나는 귀족은 전장에서 눈을 떼지 않으며 날카로운 웃음을 떠올렸다. 그 웃음은 무척이나 섬뜩했는데 그의 눈동자가 서서히 붉어짐과 어울려 굉장한 스산함을 자아내고 있었다.

"크크큭. 많이, 많이 날뛰어라. 그 시간이 얼마 남지 않았다."

전율스러운 웃음이 흘러나왔다. 그의 눈은 이제 선명하게 붉어졌고; 얼굴은 더욱 창백해졌으며, 곁을 지키고 있던 이들 역시 그와 다르지 않은 모습을 보여주었다.

콰지직!

전장을 바라보는 마르시아노 자작의 귓가로 무언가 부서져 나가는 소리가 들려왔다. 그의 시선이 무심하게 그 소리나는 쪽으로 돌려졌다. 그리고 그 소리 나는 쪽에는 예의 제논이 존재했다.

그가 제논이 있는 곳을 바라보았을 때 또 한 명의 기사가 피를 뿌리며 훌훌 날아가고 있었다. 그에 마르시아노 자작의 입가가 꿈틀거렸다. 웃고 있었다. 날카로운 송곳니를 드러내며 웃고 있었다.

점점 어두워지는 가운데 그의 새하얗게 드러난 송곳니는 유난히 반짝이고 있었다. 그의 창백한 얼굴과 붉은 눈동자가 묘하게 번들거리기 시작했다.

"조금 더, 조금 더 날뛰어라. 크하~"

제논을 바라보며 기괴하게 웃는 마르시아노 자작. 그리고 치열하게 전투를 치르는 와중에도 제논은 마르시아노 자작의 기괴한 시선을 느끼고 있었다. 막 한 명의 기사를 죽인 제논의 시선이, 어둠 속에서 제대로 보이지 않는 곳에 존재하는 마르시아노 자작을 정확하게 찾아 응시하고 있었다.

"크큭. 나를 보는가? 나를 본단 말이지?"

마르시아노 자작은 느낄 수 있었다. 아니, 느끼는 것이 아니었다. 제논이 자신을 바로 눈앞에서 대하듯 보고 있다는 것을 알게 되자 미소가 더욱 짙어졌다.

그것은 제논 역시 다르지 않았다. 하지만 제논은 그에게 갈 수 없었다. 아직 그의 앞을 가로막고 있는 인의 장막이 너무나도 많았기 때문이다. 그에 제논 역시 웃었다.

마치 만나서 반갑다는 듯이 말이다. 제논은 자신의 주변을 훑어보았다. 수많은 주검이 널브러져 있었다. 그러함에도 불구하고 죽인 수보다 더 많은 기사와 병사가 여전히 자신을 둘러싸고 있었다.

그들은 제논에게 쉽게 다가가지 못했다. 단 한 명의 예외도 없었기 때문이었다. 한 명이 달려들든 두 명이 달려들든 아니면 수십이 떼를 지어 달려들든, 그의 창 아래 모두 고혼이 되었다.

아무리 공이 탐난다고 하더라도 철벽처럼 두드려도 꿈쩍도 하지 않고, 오히려 두드린 자가 죽어나가면 어찌 감당하겠

는가? 공적을 이루겠다는 생각보다 이제는 두려움이 그들의
마음을 무겁게 짓누르기 시작한 것이었다.

사방이 둘러싸여 있음에도 전혀 위축됨 없이, 마치 혼자서
둘러싼 모든 이들을 포위한 듯이 싸우고 있는 제논의 모습에
그들은 적아를 떠나 경외심을 느끼고 있었다.

"미친! 무엇을 하는 겐가? 적이다! 적이란 말이다!"

"놈은 혼자다! 죽여! 죽이란 말이닷!"

귀족들은 두려움에 떨면서 외쳤다. 그들은 앞으로 나서지
못하지만 병사들을 부리고 기사들을 부려 제논을 제거하려
하였다. 귀족들은 그러했다. 나서지 않으면서 공은 욕심이 났
다.

귀족들은 채찍을 휘두르고 검을 휘둘러 병사들을 돌진시
켰고, 기사들을 독려해 제논에게 쇄도하도록 했다. 그 모습을
제논은 그저 오롯하게 서서 보고 있을 따름이었다.

마치 지쳐서 휴식을 취하고 있는 모습처럼 보였다. 하기는
아무리 마스터라 할지라도 수많은 병력에 둘러싸여 벌써 반
나절 전투를 치렀다면 인간인 이상 지치지 않을 리가 없었
다.

'놈! 지쳤구나!'

귀족들은 그렇게 생각했다. 지쳤다. 이 지독한 악마 같은
놈이 지친 것이었다. 그에 귀족들은 회심의 미소를 지으며 병

사들과 기사들을 독려하기 시작했다.

"놈도 지쳤다! 몰아쳐라!"

"돌겨억! 돌격하라!"

이미 귀족들은 노블리스 오블리제라든가 혹은 기사도라는 것은 저 멀리 시궁창에 처박은 지 오래였다. 개전 초기에야 아직 전쟁의 무서움을 겪어보지 못한 상태이니 승리할 수 있다는 생각과 전쟁에도 예의가 있다고 생각했을지 몰라도 지금은 아니었다.

3만 4천 중 2만이 절단 났다. 물론, 패트리아스 백작 영지군 역시 5천 중 3천이 절단 났지만 여전히 전체적인 상황으로 봐서는 괴물 같은 네 명 덕분에 여실히 밀리고 있는 것처럼 보였다.

아니, 밀렸다. 그것은 확실했다. 이제는 자신의 목숨을 걱정해야 할 판이었다. 하니, 기사도라든지 전쟁에 대한 도의라든지 하는 것은 이미 멀찌감치 버린 지 오래였다.

그들은 어떻게 해서든지 패트리아스 백작은 물론 세 명의 괴물을 죽여야만 했다. 그래서 승리해야만 했다. 그에 기사들과 귀족들은 악다구니를 치며 병사들을 독려했지만 피곤에 절고 두려움에 절은 병사들이 그 말을 제대로 이행할 리 만무했다.

벌써 반나절이다. 반나절 동안 목이 쉬어라 외치고 근육이

끊어져라 병장기를 휘둘렀지만 무시무시한 적은 여전히 건재하고 아군은 점점 그 수가 줄어드니 독려하고 위협한다 하여 어찌 섶을 지고 불 속으로 뛰어들까?

이러지도 저러지도 못한 상황에 어둠은 점점 짙어지고 있었다. 그러다 문득 기사들과 귀족들 그리고 병사들은 무언가 이상하다는 느낌을 받았다. 그 정체는 바로 위화감이었다.

무언가 불쾌한 감각이 병사들과 기사들 그리고 귀족들의 감각에 걸렸다.

'대체 무슨 냄새지?'

'왜? 몸이 떨리는 거지?'

으슬으슬 추워져 오고 있었다. 그것을 느낀 것은 귀족군들만이 아니었다. 제논 역시 느끼고 있었다.

'이 감각은……'

한 번 경험한 적이 있었다. 그레이든 산맥 탐험 중 발견한 리치의 던전에서 말이다. 제논은 쉐도우 샤우팅(Shadow Shouting : 한 명 혹은 다수에게 말이 아닌 생각만으로 의사를 전달하는 방법)으로 급히 외쳤다.

'병력을 물리도록!'

와르셀 남작은 갑자기 제논의 목소리가 들리자 화들짝 놀랐다.

'쉐도우 샤우팅(Shadow Shouting)?'

와르셀 남작은 즉각 알아차릴 수 있었다. 무언가 심상치 않은 상황이 전장에서 벌어지고 있음을 말이다. 병력이 겨우 2천 남짓 남았으나 패트리아스 백작을 중심으로 한 세 명의 활약 덕에 일곱 배가 넘는 적을 몰아붙이고 있었다.

바로 승리가 눈앞에 있음에도 병력을 물리라는 제논의 말에 의아심을 가졌다. 하지만 이내 자신의 감각에 느껴지는 기묘한 위화감과 불쾌한 냄새에 빠르게 뿔 나팔을 불고 전고를 울려 병력을 뒤로 물렸다.

뿌우우~ 뿌! 뿌!

두둥! 두두둥! 두둥!

치열하게 싸우던 병사들은 후퇴를 알리는 전고와 뿔 나팔 소리에 적을 맞아 싸우면서도 서서히 뒤로 움직였다. 그리고 제논의 의사가 젠슨, 스웬슨 그리고 클라렌스에게 전해졌는지 병사들의 후퇴가 원활할 수 있도록 그들이 전면으로 나섰다.

"와아~"

"적이 후퇴한다! 몰아붙여라!"

"돌격! 돌격하라!"

귀족군은 백작군이 후퇴하자 용기백배하여 그들을 추격하려 했다. 그러다 문득 가장 앞에서 내달리던 병사 혹은 기사가 우뚝 멈춰 섰다. 그에 그와 함께 달리던 이들 역시 멈춰 섰다.

갑자기 전장이 고요해졌다. 있을 수 없는 일이었다. 전투가 멈춰진 것도 아니고 말이다. 기사들과 병사들이 어리둥절한 모습이 되었다. 아직 1만이 조금 안 되게 남아 있는 모든 이들이 그러하였다.

그때 그들의 귓가로 들려오는 기괴한 소리.

푸슥, 푸스스슥!

"케륵, 케르륵!"

"캇, 쿠카카캇!"

불쑥! 불쑥!

어둠 속에서 땅이 들썩이기 시작했다. 여기저기 죽어 있던 이들이 기괴한 모습과 기괴한 소리를 내며 일어서고 있었다. 잘렸던 팔이 다시 붙기 시작하고, 흘러내린 내장을 움켜쥐며 일어서고 있었다.

"무, 무슨……."

"저… 저……."

그들은 말을 잇지 못했다. 생전 처음 접하는 이 기괴하고 악몽과 같은 장면을 그저 입을 떡 벌린 채 지켜보고 있을 뿐이었다. 그 모습은 모든 이들의 이성을 마비시키고 있었다.

너무나도 충격적인 모습 때문이었다. 그때였다.

콰지지직!

"케륵! 케륵!"

"우직! 우지직!"

비명도 없었다. 살아난 그 무언가가 가장 선두에 있는 기사의 목덜미를 물어재꼈다. 그리고 씹어 먹기 시작했다. 핏물이 튀었다. 기사의 몸이 부들부들 떨렸다.

떨림이 멈추었을 때 기사는 목이 뜯긴 채로 다시 일어서고 있었다. 검게 변한 눈동자. 파리하고 거무튀튀한 얼굴색. 그 기사의 입에서 인간의 것이 아닌 다른 소리가 흘러나왔다.

"그어어어!"

그것이 시작이었다. 죽었던 이들이 되살아나고, 땅 속에서 솟아 오른 이들이 적아를 구분하지 않고 공격하기 시작한 것이었다. 비명 소리가 들렸다.

"으… 으아아악!"

"사… 살려!"

"괴. 괴물이닷! 괴물이야!"

"흐어어엉! 살고 싶어. 살고 싶어."

병장기를 버리고 도망가는 이가 있는가 하면 그 자리에 주저앉아 울먹이는 이도 있었고, 그냥 그런 것들을 손가락으로 가리키고 부들부들 떨며 목이 터져라 외치는 이들도 있었다.

제논을 비롯한 세 명은 그 모습을 끝까지 지켜보았다. 그리고 젠슨이 무거운 음성으로 입을 열었다.

"2세대 뱀파이어가 온 듯합니다."

"2세대라면……."

"4서클 이상의 어둠의 마법을 펼칠 수 있는 뱀파이어입니다. 이들은 언데드를 소환하고 있는 것입니다."

스웬슨의 물음에 젠슨이 선선히 답을 했다. 스웬슨은 언데드란 말에 눈살을 찌푸렸다.

"전염시키는 건가?"

"그렇습니다."

"약점은?"

"머리를 박살 내거나 불로 태우는 방법밖에는……."

"간단하네, 뭐."

별것 아니라는 듯이 말을 하는 스웬슨이었다. 물론, 이들에게는 아주 간단한 것이었다.

"이럴 시간이 없다."

제논의 말에 세 명은 고개를 끄덕였다. 언데드의 수는 점점 늘어나고 있었다. 그리고 적아를 가리지 않고 물어뜯어 언데드로 만드니 반나절 동안 싸웠던 이들과 또 싸워야만 했다.

언데드는 죽었다 다시 살아난 자들. 즉, 사람이 아닌 몬스터였다. 또한, 생전보다 더 강력해진다. 지금 앞에 있는 이들은 겨우 좀비에 불과했지만 그렇다 하더라도 보통의 병사들이나 기사들로서는 쉽게 상대할 수 없을 정도의 것들이었다.

머리를 박살 내거나 불로 태우지 않는 한은 다시 살아나는 존재이기에 더욱 그러했다.

"갈아버리면 된다 이 말이지?"

스웬슨이 가장 먼저 앞으로 나섰다. 그리고 정령을 불러냈다.

"정령소환(Summon Elemental)! 노에스(Gnoness)!"

그의 다리에서 어두운 밤을 밝히는 황금색의 광망이 터져 나왔다. 그리고 등 뒤로 무언가가 솟아올랐다. 스웬슨이 3미터의 거구이나 그보다 최소한 세 배는 더 커 보이는 무엇이었다.

"불렀는가! 계약자여!"

상급 대지의 정령인 노에스(Gnoness). 스스로 자각 능력을 가졌으며, 인간과 의사소통이 가능한 존재였다. 그러한 상급의 대지의 정령이 소환되자 이루 형언할 수조차 없는 거대한 존재감이 전장을 감싸기 시작했다.

"저것들 대가리를 가루로 만들어야 한다는군."

스웬슨이 고갯짓으로 점점 늘어나고 있는 좀비를 가리키며 말을 했다. 그에 노에스의 시선이 그 좀비에게로 향했다.

"태어나서는 안 될 존재가 어이하여 이곳에 나타났는가? 계약자의 명을 이행하도록 하겠네."

후와아아앙!

대지의 상급 정령인 노에스가 움직였다. 대지의 상급 정령이라는 존재는 실로 대단했다. 그저 움직였을 뿐인데 순식간에 되살아난 대부분의 좀비가 가루가 되어 사라졌다.

머리가 가루가 된 것이 아니라 존재 자체가 가루가 되었다. 그럴 수밖에 없었다. 아무리 언데드라 할지라도 그들의 기본은 역시 대지일 것이니, 대지를 지배하는 대지의 상급 정령에 어찌 비할 손가?

수천수만의 좀비가 단 한순간에 먼지가 되어 대지 위에 수북이 쌓이기 시작했다. 그 모습을 바라보고 있던 이들은 너무 놀라 심장이 입으로 튀어나올 정도로 입을 쩍 벌릴 수밖에 없었다.

"저… 저……."

특히 마르시아노 자작의 명에 의해 언데드를 소환했던 뱀파이어들의 놀람은 이루 형용할 수 없을 정도였다. 그들이 어찌 알았을까? 언데드의 천적이 성령뿐 아니라 바로 정령사라는 것을 말이다.

마르시아노 자작의 얼굴이 딱딱하게 굳어지기 시작하며 음산한 명령이 떨어져 내렸다.

"언데드를 소환한다!"

"언데드 소환(Summon Undead)! 데쓰 나이트(Death Knight)!"

"언데드 소환(Summon Undead)! 듀라한(Durahan)!"

그의 명에 따라 기다렸다는 듯이 언데드들이 소환되었다. 단순히 좀비나 구울이 아닌 목이 없는 기사와 기사 중 기사인 마스터가 죽어 그 원혼이 뭉쳐 만들어진 데쓰 나이트까지 소환되기 시작했다.

"스웬슨과 젠슨은 구울과 좀비를 상대한다."

"명!"

스웬슨과 젠슨 그리고 젠슨을 따르는 살아남은 1백여의 라이칸 기사가 움직여 나갔다. 그때까지도 귀족군에 속한 기사들과 병사들은 여전히 정신을 차리지 못하고 있었다.

도대체 이게 무슨 일이란 말인가? 과거 전설이라 일컬어지는 전설 속의 언데드가 현실에 존재하고 그들의 천적이라 일컬어지는 정령사라는 존재까지 모습을 드러내고 있으니 말이다.

"무엇하는가? 후퇴하여 방진을 형성하지 않고!"

그때 그들의 정신을 일깨우는 목소리가 있었으니 바로 스웬슨의 호통 소리였다. 아직도 정신을 차리지 못하고 제대로 대응조차 못한 귀족군은 그에게 있어 걸리적거리는 방해물에 지나지 않았기 때문이다.

또한 이제 귀족군은 적이 아니었다. 바로 언데드가 적이 되었다. 굳이 그들과 싸울 필요가 없었다. 그러하기에 스웬슨은 마나를 담아 그들의 정신을 일깨운 것이었다.

"아니… 우리가 왜……."

어느 귀족이 그 말을 하려 할 때였다. 하나, 모든 귀족이 그렇게 몰지각하지는 않았다. 또한 모든 기사가 선후를 모르는 것은 아니었다.

"미친. 지금 상황에 그것을 따질 때요? 후퇴하라! 후퇴하여 백작군과 합류하라!"

한 명의 살아남은 귀족이 외쳤다. 그에 병사들은 보기 드물게 신속히 움직였다. 마치 당연하다는 듯이, 혹은 기다렸다는 듯이 말이다. 시작이 어렵지 시작한 후에는 쉬운 법이다.

한 무리의 병력이 움직이자 그 다음은 수월했다. 명령을 하지 않아도 병력과 기사들 혹은 기사들은 혹시라도 언데드에게 잡힐세라 빠르게 방진을 형성하고 있는 백작군의 진영으로 합류했다.

하지만 사람의 생각이라는 것은 그 얼굴의 다양함만큼이나 갈렸다. 도저히 가망성이 없음에도 불구하고 아직 전투에 많은 수의 병력이 손실되지 않는 몇몇 귀족은, 합류보다는 자신들의 병력과 목숨을 보존하는 데 더 신경을 썼다.

"후퇴한다. 전장을 즉시 이탈한다."

"하나……."

귀족의 말에 기사가 대답을 흐렸다. 하나, 귀족은 기사의 말을 들으려 하지 않았다.

"살아야 이 상황을 전할 것이 아닌가? 후퇴한다. 전력으로 전장을 이탈한다."

"명을 따릅니다."

병력이 갈렸다. 합류하는 병력과 슬금슬금 전장을 이탈하는 병력으로 말이다. 하지만 그 누구도 그러한 병력을 눈여겨보지 않았다. 지금의 전장은 그야말로 난장판이었으니까.

그렇게 백작군의 진영은 순식간에 1만을 넘기는 방진이 형성되었다. 와르셀 남작은 상당히 황당한 마음이 들기는 했지만 언데드를 맞이하여 한가하게 같은 종족끼리 싸울 필요가 없음을 앎에 바로 그들을 받아들였다.

빠르게 갖추어지는 진형이었다. 와르셀 남작이 나서 전적으로 부대를 배치하고 진영을 구축함에도 그에 토를 다는 이들은 없었다. 그들은 자신의 목숨이 걸려 있는 상황에서 결코 자존심을 내세울 정도로 어리석지는 않았기 때문이다.

"방패 내려!"

"장창 내려!"

"전원 대기!"

차자작! 척! 척!

일사불란했다. 어느새 한마음 한뜻으로 모든 진형이 완료된 것이었다. 그러는 동안 모든 언데드들은 젠슨과 스웬슨에게로 몰려들고 있었다. 언데드들은 꾸역꾸역 되살아났다.

전신을 가루로 만들고 머리를 가루로 만들어도 땅에서 다시 살아나는 언데드들이었다. 땅 속에 묻힌 이들은 수를 헤아릴 수 없을 정도로 많았으니 말이다.

하나, 스웬슨과 젠슨 역시 만만치 않았다. 나오는 족족 가루로 만들어 버렸다. 너무나도 수월하게 말이다. 진을 형성하고 있는 귀족들과 병사들은 그저 입을 떡 벌린 채 그 모습을 지켜볼 뿐이었다.

그 둘이 되살아나는 언데드들을 제거하고 있을 때 제논과 클라렌스는 나란히 걸어가고 있었다. 마치 무인지경처럼 걸리적거리는 것은 모두 걷어치우면서 말이다.

"켈켈켈! 왔구나! 왔어! 죽으려 왔어!"

마르시아노 자작이 기괴한 웃음소리를 내며 말을 하고 있었다. 뱀파이어 3백에 데쓰 나이트 한 개체, 그리고 듀라한 3백 개체. 이 숫자만으로도 어느 백작 가문의 영지를 쑥대밭으로 만들 수 있는 전력이었다.

그런데 그러한 전력을 앞에 두고 있음에도 불구하고 제논과 클라렌스의 얼굴은 두덤덤했다. 마치 이런 것쯤은 아무런 장애가 되지 않는다는 듯이 말이다.

"킬킬, 무섭지 않은가?"

"별 시답지 않은 소리를."

마르시아노 자작의 말을 되받아치는 제논이었다. 흰소리 말고 그냥 덤비라는 듯이 말이다. 그의 목소리에는 권태로움이 가득했다. 그에 마르시아노 자작의 얼굴이 기묘하게 꿈틀거렸다.

누구든 언데드들을 무서워한다. 또한, 자신과 같은 이종족을 보면 공포에 젖어 숨조차 제대로 쉬지 못한다. 한데, 제논은 아니었다. 그는 아주 귀찮은 표정을 짓고 있었다.

"켈켈, 간이 부었군."

"말로 하나?"

"이이……."

간단하게 마르시아노 자작의 말을 무시해 버리는 제논이었다. 자신이 무시당했다는 생각을 한 마르시아노 자작의 눈동자가 더욱 붉게 변했다.

"원한다면! 죽엿!"

촤르르륵!

마르시아노 자작의 명이 떨어짐과 동시에 3백의 뱀파이어와 3백의 듀라한이 움직였다. 제논과 클라렌스를 포위하는 것이었다. 확실히 마법진으로 소환한 하급 언데드가 아닌, 개별적으로 소환한 고급 언데드인지라 작전에 대한 이해도가 가능한 것처럼 보였다.

"어둠의 힘을 보여라!"

"지랄!"

평소와는 여실히 다른 제논의 태도였다. 그는 지금 뱀파이어들을 경동시키고 있었다. 그렇다고 어떤 말을 주저리주저리 늘어놓으면서 경동시키는 것이 아니라 그들을 철저하게 무시하면서 경동시켰다.

평소 뱀파이어에 대한 자부심이 남다른 이들이었다. 이종족이었으나 인간보다 월등함을 강조하는 뱀파이어였다. 그러하기에 인간에서 뱀파이어가 되었음에도 불만이 없었다.

단 한 번도, 단 한순간도 뱀파이어가 된 것에 대하여 후회한 적 없었고, 자존심에 상처를 입어본 적 없었던 이들이었다. 그런데 철저하게 무시당하고 있었다.

그러하니 당연히 뱀파이어들의 시선이 제논에게 쏠릴 수밖에 없었다. 애초 뱀파이어와 개별 소환된 언데드들이 제논과 클라렌스 둘을 포위하던 것이 어느 순간 따로따로 포위하고 있었다.

제논이 걸음을 옮김에 뱀파이어들이 그를 따라나섰고, 클라렌스는 그 자리에 그저 두둥실 떠 있었기에 자연스럽게 분리되고 있었다.

"인간의 피로 영생을 얻으니 좋더냐? 벽에 똥칠할 때까지 살 생각을 하니 좋더냐?"

제논은 여전히 걸음을 옮기며 그들에게 이죽거렸다. 그에 그를 둘러싼 뱀파이어들의 안색이 급속도로 창백해져 갔다. 창백을 지나 파리해지고 있었다. 그것은 바로 그들이 지극히 분노하고 있다는 것을 의미했다.

"켈켈, 죽고 싶어 안달을 하는구나."

"말로 죽일 수 있었다면 너희는 이미 애저녁에 가루가 되었을 것이다."

"크카카캇! 죽엿!"

마침내 폭발하고 만 뱀파이어들이었다. 그러한 뱀파이어를 보며 비릿한 미소를 지어 보이는 제논이었다.

"새끼들, 서둘기는."

제논은 창을 어깨에 턱 걸치고 아주 편안한 자세로 앞으로 걸어가고 있었다. 마치 자신을 향해 쇄도해 오는 뱀파이어들의 공격은 안중에도 없다는 듯이 말이다.

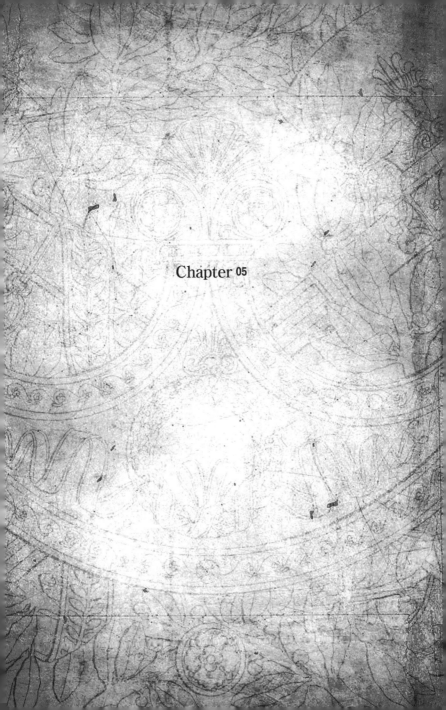

Chapter 05

그가 뱀파이어를 향해 마치 산책하듯 걸어가는 동안 클라
렌스는 이미 접전에 들어가고 있었다.

"스트랭쓰(Strength), 헤이스트(Haste), 배리어(Barrier)!"

연속적으로 세 개의 마법을 자신의 몸에 시전했다. 화려한
빛이 그녀의 주변을 맴돌았다. 그 화려함이 어떤 색을 띠는
것은 아니었다. 그러함에도 불구하고 그녀를 바라보는 이들
은 그녀가 화려한 빛이 둘러싸여 있다고 생각하였다.

하나 불행하게도 클라렌스가 상대하는 것은 사람이 아니
라 언데드였다. 듀라한(Durrahan)은 목 없는 기사로 중급의

언데드로 분류되며 잠깐이라도 정신이 돌아올 수 있는 언데
드였다.

듀라한이 중급의 언데드이기는 하나 살아생전 무용이 대
단한 기사임은 분명하기에 결코 마음을 놓아서는 안 될 그런
존재였다. 그러한 듀라한이 무려 3백이나 있었다.

이렇게나 원한을 가지고 죽은 기사가 많았었나 하는 생각
이 들 정도로 대단한 장관이었지만 듀라한을 바라보는 클라
렌스의 시선은 무심하기 그지없었다.

그녀에게는 그저 몬스터일 뿐이었다. 그것도 살아생전의
원한을 잊지 못하고 살아 있는 사람에게 해를 끼치는, 그 이
상도 이하도 아닌 존재가 바로 자신의 눈앞에 있는 듀라한이
었다.

"플라이(Fly)."

클라렌스의 신형이 어두운 밤하늘로 떠올랐다. 그녀를 둘
러싸고 그녀에게게 쇄도하던 3백의 듀라한의 몸체가 일순 경
직되듯이 멈춰 섰다. 그들이 아무리 전생의 원한으로 언데드
로 다시 태어났다 하지만 결코 하늘을 날 수 있는 것은 아니
었기 때문이었다.

"파이어 월(Fire Wall : 화염의 벽을 생성시켜 공격하는 4서클
마법)!"

4서클의 마법이 실현되었다. 몬스터도 마찬가지지만 언데

드 역시 불이라는 것을 본능적으로 배척한다. 그것을 너무나
도 잘 알고 있는 클라렌스이기에 4서클의 마법을 사용한 것
이었다.

그리고 그녀가 펼친 마법은 마치 울타리처럼 둥글게 3백의
듀라한이 있는 곳을 둘러싸고 있었다. 4서클이 마법사가 펼
친 마법이 아닌 8서클의 마법사가 펼친 파이어 월은 그저 단
순한 4서클의 마법이 아니었다.

화르르륵!

"캬아~"

넓은 범위에 걸쳐 펼쳐진 파이어 월. 그리고 이어지는 클라
렌스의 마법.

"파이어 레인(Fire Rain : 화염의 비로 6서클의 마법), 파이어
익스플로젼(Fire Explosion : 파이어 볼의 강화판으로 6서클 마
법)."

연속적으로 이루어지는 클라렌슨의 마법이었다.

화르륵. 콰아~

불의 비가 어두운 하늘을 밝히며 파이어 월이 펼쳐진 원 안
으로 쏟아져 내렸다. 그리고 그 속에서 다시 폭발이 일어나기
시작했다.

콰콰가가강!

중급에 이르는 언데드인 듀라한은 단 한순간에 아무런 힘

도 쓰지 못하고 사라져 가고 있었다. 너무나도 쉽게 무너져 내리는 듀라한이었다. 마르시아노 자작의 가늘고 붉은 눈이 커지기 시작했다.

그리고 입이 벌어지기 시작했다. 자신이 어찌 해볼 사이도 없이 3백에 이르는 듀라한이 몰살당하고 있었기 때문이다. 하지만 그의 경악은 그리 오래가지 않았다.

"위험합니다. 설마 아직도 메모라이즈한 마법이 있을 줄은 몰랐습니다."

마르시아노 자작의 옆에 있던 이가 나직하게 침음성을 흘리며 실수를 인정했다. 그랬다. 그들은 지금 클라렌스가 언령 마법을 사용하는 것이 아닌 미리 메모라이즈한 마법을 사용하는 것이라 생각하고 있었다.

그렇게 생각할 수밖에 없었다. 그녀는 이미 자신들의 수준을 넘어서고 있었기에 도저히 인정할 수 없었기 때문이었다. 어떻게 인간으로서 어둠의 마법에 특화된 자신들의 수준을 넘어설 수 있다는 말인가?

당연히 그들은 그저 클라렌스의 본신의 실력이 아닌, 마법을 미리 메모라이즈했다고 생각한 것이었다. 또한 메모라이즈한 마법의 수가 많은 것은 특수한 아티팩트에 의한 것으로 판단했다.

마르시아노 자작은 듀라한이 있는 곳을 보다 잠시 제논과 대적하고 있는 3백의 3세대 뱀파이어를 바라보았다. 아직 그들은 본격적인 전투에 들어가지 않고 있었다.

아무리 그들이 3세대 뱀파이어라 하지만 상대가 마스터가 아닌 이상 그리 어려울 것이 없어 보였다. 말이 3세대이지 육체적인 능력으로는 최상급의 기사를 월등하게 앞서고 있었다.

거기에 겨우 3서클밖에 사용하지 못하는 뱀파이어이지만 그렇다 해도 마법과 월등한 육체적인 능력으로 인해 결코 걱정할 것이 없다고 판단할 수 있었다. 그런 판단을 내린 마르시아노 자작은 다시 시선을 돌려 불의 벽 속에 갇혀 거의 학살당하고 있는 듀라한이 있는 곳을 바라보았다.

"키메라 절반을 투입한다."

절반이라는 말에 화들짝 놀라는 귀족이었다. 이끌고 온 키메라 병사는 1천 2백. 거기에서 절반이면 6백이라는 말이었다. 6백이면 일반 병사 1만과 비견할 수 있는 전력이었다.

"메모라이즈한 마법을 사용한다면 얼마 안 있어 메모라이즈한 마법이 떨어지겠지. 하지만 저 정도의 마력은 결코 본신의 실력이 6서클 못지않다는 것을 의미한다."

"하나……"

반발하는 귀족을 향해 시선을 돌리는 마르시아노 자작이었다. 그의 눈은 더욱더 붉어졌다. 그에 귀족은 얼굴이 창백하게 변하면서 자신도 모르게 침음성을 흘렸다.

잠시 그렇게 귀족을 바라보던 마르시아노 자작은 싸늘한 미소를 베어 물고 시선을 돌려 전장을 바라보았다. 전장은 그야말로 제멋대로 돌아가고 있었다.

스웬슨과 젠슨이 이끄는 라이칸 기사단의 활약으로 진정이 되어가고는 있으나 그들이 아무리 뛰어나다 하더라도 수만 혹은 수십만을 가리키는 언데드였다.

또한 거기에 패트리아스 백작 영지군이 있는 곳으로 흡수되지 않고 그들을 믿지 못하고 스스로 전장을 이탈하는 귀족군까지 난전에 난전을 거듭하고 있었다.

그런 전장의 상황을 보며 마르시아노 자작은 날카로운 송곳니를 드러내며 웃었다.

"마법사를 잡는다."

"며, 명!"

자신을 옭아매는 기운이 사라짐을 느꼈는지 귀족은 그대로 허리를 꺾으며 마르시아노 자작의 명을 받았다. 그리고 그가 직접 움직였다. 자신이 명을 받았으니 자신이 처리해야 하는 것이 옳았기 때문이다.

키메라 병사들을 이끌고 나가는 귀족. 그의 시선이 진득한 살기를 머금었다. 그리고 말없이 허공에 떠 아직도 불 속성 마법으로 듀라한을 제거하고 있는 클라렌스를 바라보았다.

"장전!"

처저저적!

그가 이끈 6백의 병사 중 2백에 이르는 병사가 장궁을 움켜쥐고 화살을 활대에 재기 시작했다. 그런데 그러한 그들이 들고 있는 궁이 특이했다. 거의 사람의 키보다 컸고, 그 재질 역시 일반 재질로 보이지 않았다.

활시위가 팽팽하게 당겨졌다.

"발사!"

슈슈슛!

"재장전!"

귀족은 클라렌스가 있는 곳을 쳐다보지도 않았다. 그저 기계적으로 명령을 내릴 뿐이었다. 그에 병사들 역시 기계적으로 그 명령을 받았다. 그들은 키메라 병사들이었다.

그런데 그 모습이 과거 제논을 기습했던 이들과는 상당히 많이 달랐다. 그때는 인간의 모습보다는 몬스터의 모습에 가까웠다면 지금은 지극히 인간적인 모습이었다.

물론, 그들은 눈동자 깊숙이 들여다본다면 무언가 달라진 것을 느꼈을 것이다. 이곳 전장에서 그런 짓을 할 수 있을 리는 만무하였다. 때문에 그들의 모습은 그저 지독하게 무심한 잘 훈련된 병사들처럼 보일 뿐이었다.

"자유 사격!"

두 번의 일제 사격이 끝나고 귀족은 자유 사격을 명하였다. 그에 자신들의 키보다 더 큰 장궁을 가진 키메라 병사들은 옆에 쌓아둔 화살이 동이 나도록 사격을 시작했다.

"전투 준비!"

그리고 사격을 하고 있는 2백을 제외한 4백의 키메라 병사들에게 외쳤다. 그에 키메라 병사들의 모습이 서서히 변하기 시작했다. 무표정한 모습은 여전하지만 말이다.

"크크큭!"

기괴한 웃음소리가 들려왔다. 갑자기 체구가 거대해지는 이가 있는가 하면은 전신에 강철 같은 비늘이 솟아나는 이가 있었고, 체구가 커지지는 않았으나 다리나 팔이 기형적으로 크고 단단해지는 이가 있었으며, 얼굴 구조가 변하는 이들도 있었다.

클라렌스는 그 모든 것을 보고 있었다. 그리고 그녀의 머릿속에 들어 있는 모든 정보를 샅샅이 훑기 시작했고, 지금 자신에게 활을 날리는 이들과 그들과 같이 있는 이들은 흑마법에 의해 부분 재생된 키메라라는 것을 알 수 있었다.

클라렌스의 입가에 진득한 미소가 떠올랐다. 그것은 죽음을 부르는 살소였다. 그녀는 지금 조금 분노하고 있었다. 언데드는 어차피 죽은 이들이다. 죽은 자들의 살아생전 욕심과 원한에 의해 만들어진 존재들.

하나, 키메라는 달랐다. 인간과 몬스터의 결합이었다. 인간의 팔을 잘라 몬스터의 팔을 접합시키고, 인간의 피부를 갈라내 몬스터의 피부를 결합시키는 것이었다.

그 과정 중에서 비인간적인 고통과 인간을 인간으로 보지 않고 단지 하나의 도구로 보는 관념적인 변질을 가져오게 됨에 그녀가 분노하고 있는 것이었다.

투두두둥!

그녀를 향해 쇄도하던 2백의 화살이 그녀가 시전한 베리어에 부딪히며 빗소리보다 무거운 소리가 들려왔다. 그저 가벼운 부딪힘이었다. 하나, 가벼운 부딪힘이라 할지라도 중복되면 피해가 겹치고 커지기 시작했다.

쩌적. 쩌저적!

지속적으로 쏟아지는 화살의 비. 그리고 클라렌스는 알 수 있었다. 지금 자신의 베리어를 두드리고 있는 화살이 결코 보통의 화살이 아니었으며, 그 화살을 날려 보낸 활 역시 보통의 것이 아니었다.

또한 2백 명이 쏘아올린 화살은 정확하게 그녀를 향했다. 단 한 발도 벗어나는 화살이 없었다. 그들은 궁술에 특화된 그런 키메라였다. 그것을 깨달은 그녀의 입이 잠시 열렸다.

"죽음을 원한다면. 볼케닉 이럽션(Volcanic Eruption : 화산 폭발, 6서클의 화염 마법)."

쿠구구구콰가가강!

불의 벽 안에서 거대한 화산이 폭발했다. 그와 함께 용암이 흘러나오기 시작했다. 그 용암은 불의 벽 안에 있는 모든 것을 녹이기 시작했다. 아직 살아남은 듀라한은 미처 제대로 대항조차 해보지 못하고 녹아내리고 있었다.

"끼에에엑!"

인간의 목소리도 아니고 몬스터의 목소리도 아닌 기이한 비명과 함께 겨드랑이에 끼었던 머리를 던지며 녹아내리는 듀라한이었다. 또한 몸과 따로 떨어져 있으며 언데드이기에 어떠한 고통조차 느끼지 못할 것 같던 듀라한의 머리에는 지극한 고통이 담긴 표정이 드러나고 있었다.

클라렌스가 펼친 볼케닉 이럽션은 언데드의 영혼까지 녹이고 있는 것이었다. 마법적인 서클로는 6서클이나 그 데미지 면에서는 7서클을 상회하는 볼케닉 이럽션이었다.

듀라한은 순식간에 정리가 되었다. 불의 장벽이 사그라들고 화산이 폭발하여 용암이 흘러내리던 곳에는 아무것도 남아 있지 않았다. 그저 새까맣게 탄 대지만 존재했다.

"죽엿!"

귀족의 입이 열리며 거친 명령이 떨어졌다. 2백의 궁병은 끊임없이 화살을 쏘아대고 있었다. 그리고 남은 4백의 신체가 변형된 키메라 병사들은 귀족의 말을 충실하게 이행하고 있었다.

한편 클라렌스가 3백의 듀라한과 6백의 키메라 병사의 시선을 끌고 있는 동안 제논 역시 어깨에 걸친 창을 풀어내며 3백의 뱀파이어를 향해 쇄도하고 있었다.

촤라라락!

제논의 창이 사방으로 펼쳐졌다. 범인의 눈에는 보이지도 않을 속도였으나, 뱀파이어들은 마치 비웃듯이 제논의 창을 피해내고 있었다. 마치 마법의 블링크를 사용한 듯 원래의 자리에서 모습이 사라졌다.

그뿐만 아니었다.

"안개화인가?"

스스스슷!

창이 훑고 지나간 곳에서 희뿌연 무언가가 피어나며 뱀파이어의 신형이 사라졌다. 그리고 창의 공격권에서 벗어난 곳에서 그들의 모습이 다시 나타났다. 물론, 제논과 대적하고 있는 뱀파이어들이 그렇게 단순하고 정의롭지만은 않았다.

스화아악!

무언가 제논의 등을 훑고 지나갔다. 하지만 그런 공격에 호락호락 맞아줄 제논이 아니었다. 그 미세한 공기의 파동에도 스르르 밀려나 어떠한 상처조차 입지 않은 제논이었다.

등 뒤뿐만이 아니었다. 옆구리, 가슴, 머리, 허리, 다리 등 모든 신체 부위가 공격을 받았다. 하나 성공한 공격은 하나도 없었다. 이리 흔들, 저리 흔들. 마치 바람에 나부끼는 천 조각처럼 움직이는 제논의 움직임이었다.

"밤의 일족은 불에 약하다지?"

서로가 서로에게 공격을 가했지만 제논도 혹은 뱀파이어도 공격이 성공한 것은 한 번도 없었다. 그러함에 제논은 어느 순간 신형을 멈춰 세웠다. 그러다 히죽 웃으며 입을 열었다.

무슨 말인가 하는 얼굴로 제논을 바라보는 뱀파이어들이었다. 서로가 서로에게 타격을 입히지 못한 상태에서 마치 미친놈처럼 혼자 나직하게 중얼거리는 제논의 모습이 이상하게 생각되었는지도 몰랐다.

"정령 빙의(Elemental Possession)! 살라맨더(Salamander), 화염 창(Flame Spear)!"

화르르륵!

그의 창에 화염이 치솟아 올랐다. 제논은 잔인하게 웃으며 자신의 창에 솟아난 화염을 바라보았다. 그와 반대로 뱀파이어들의 얼굴색은 썩어 들어가고 있었다.

3백의 인원이 파상 공세를 펼치고도 상처 하나 입히지 못한 상대였다. 물론, 제논 역시 뱀파이어들의 특이한 안개화 능력 때문에 그들에게 상처를 주지 못하고 있는 것은 마찬가지였다.

그런데 뱀파이어들의 입장에서 자신들과는 거의 천적이라할 수 있는 화염이 깃든 창이 등장한다면 실로 치명적이라 할수 있었다. 왜냐하면 화염의 창이 아니고도 그 가진 바 무력으로 3백에 이른 자신들과 동등하게 싸웠던 제논이었기 때문이었다.

뱀파이어들이 일순 주춤했다. 그러한 그들의 모습을 바라보던 제논이 화염이 이글거리는 창을 앞으로 쭈욱 내밀었다.그의 팔과 수평으로 내밀어진 제논의 창.

창이 내밀어지는 만큼 뱀파이어들의 포위망 역시 물러나고 있었다. 감히 화염이 이글거리는 창의 권역 안으로 뛰어들려 하는 뱀파이어는 없었기 때문이었다.

엄밀히 말하면 뱀파이어 역시 몬스터였다. 그러하기에 그들은 본능적으로 불을 무서워했다. 또한 성수와 은을 두려워했다. 그 외의 것으로 그들을 죽일 수 있는 것은 없었다.

"뭣들 하고 있는가? 고작 한 명이다."

그때 누군가 외쳤다. 3백의 뱀파이어를 이끄는 듯한 자의목소리였다. 그의 나직한 으르렁거림에 뱀파이어들의 표정이 변하기 시작했다. 비록 인간의 삶을 포기하고 뱀파이어로서의 삶을 택했으나 오히려 인간일 때보다 그 자존심이 드높았다.

뱀파이어는 육체적으로 정신적으로 인간보다 월등했기 때문이었다. 그래서 그들은 자신의 전신이 인간이었음에도 불구하고 인간을 하등하게 보았다. 그런데 지금 단 한 명에게 두려움을 느끼고 있었다.

물론, 그 한 명 자체가 아니라 그 한 명이 가진 화염으로 이루어진 화염 창 때문이기는 하지만, 어쨌거나 인간보다 우월한 자신들이 한순간이나마 인간에게 두려움을 느꼈다는 것에 상당한 수치심을 느끼게 되었다.

"캬아아~ 죽인다!"

그것을 느낌과 동시에 한 명의 뱀파이어가 제논을 향해 쇄도했다. 물론, 처음은 한 명이었다. 그 움직임이 너무 빨라 그저 한 명으로 보일 뿐이었다. 하지만 제논의 곁에 나타난 뱀파이어는 결코 한 명이 아니었다.

기다랗게 자라난 날카로운 손톱이 제논의 전신을 찢어발기듯이 사납게 쏟아졌다. 제논은 그저 멍하게 있었다. 너무나도 전격적인 뱀파이어들의 행동에 미처 대응조차 하지 못한 그런 모습이었다.

"크하~"

그에 제논을 공격하는 뱀파이어들의 얼굴에는 비릿한 비웃음이 걸렸다. 역시 하등한 인간일 뿐이라는 듯이 말이다. 그러다 잠깐. 아주 잠깐의 시간 동안 제논의 모습을 시선에서

놓쳤다.

하지만 뱀파이어들은 대수롭지 않게 넘겼다. 인간으로서
는 도저히 그렇게 움직일 수 없을뿐더러 지금 움직인다 하여
도 죽는 것은 자신들이 아니라 바로 눈앞에 멍하게 서 있던
자이기 때문이었다.

그때 제논을 향해 득의만만하고 비릿한 웃음을 짓던 뱀파
이어들의 몸이 멈췄다. 그리고 아주 서서히 얼굴이 일그러지
기 시작했다. 곧이어 그 일그러짐은 이루 형언할 수 없는 비
명으로 바뀌기 시작했다.

"*끄으~* 하아악!"

"사, 살려~"

"모. 몸이……."

"*으으*… 불… 불은 싫은데… *끄*아아악!"

제논을 향했던 여섯의 뱀파이어가 타들어가기 시작했다.
붉고 밝은 빛이 그들의 내부로부터 솟아나기 시작함으로써
고통에 찬 비명은 더욱더 커지기 시작했다.

복부에서, 가슴에서, 배에서, 목에서, 또는 이마에서 시작
된 붉고 밝은 빛은 이내 그들의 전신으로 퍼지기 시작했고,
종내에는 마치 깨져 나가듯 밝은 빛에 휩싸인 후 폭발했다.

그리고 남은 것은 어두운 밤하늘에 흩날리는 타다 남은 재
와 반딧불처럼 허공에 흩날리는 불 싸라기들이었다. 그것을

지켜보던 뱀파이어들의 얼굴이 두려움과 분노로 물들어가기 시작했다.

터억!

제논이 다시 창을 어깨에 걸쳤다. 화염이 휩싸인 그의 창이 어깨에 걸쳐져 있건만 그의 몸에는 화염이 옮겨 붙지 않고 있었다.

"안 오나? 겁나나? 고등한 뱀파이어들께서 겨우 불 따위를 겁내다니……."

제논은 진정 안타깝다는 듯이 고래를 절레절레 저으며 불쌍하다는 듯이 뱀파이어들을 바라보았다. 그리고 혀까지 찼다. 정말 마음이 아프다는 듯이 말이다.

그에 뱀파이어들의 창백한 얼굴이 일그러졌다. 아니, 붉어지는 것 같은 느낌이 들었다. 착각일지도 모르지만 그들의 창백한 얼굴이 진정 붉어지는 것 같이 보였다.

"죽엿! 죽이지 못하면 오직 죽음의 벌칙만이 있을 것이다!"

뱀파이어들이 움직였다. 그에 제논이 고개를 끄덕였다. 마치 당연하다는 듯이 진즉에 이렇게 나왔어야 한다는 듯이 말이다. 그리고 제논 역시 움직였다. 넘실거리는 화염 창이 다가오는 뱀파이어의 심장을 꿰뚫었다.

비명조차 없었다. 순식간에 불타오르고 재가 되어 사라져 버리는 뱀파이어였다. 하나, 제논의 모습은 이미 그곳에 없었다. 바람처럼 너울거리며 불처럼 격정적으로 움직이는 제논의 신형이었다.

그 와중에 누군가의 손톱이 제논의 몸에 닿았다. 아니, 분명 닿은 것이 아니라 찔러 넣은 것이리라. 하나, 비명 소리는 제논의 입에서 흘러나오는 것이 아닌 날카로운 손톱을 찔러 넣은 뱀파이어의 입에서 흘러나오고 있었다.

"끄아아악!"

뱀파이어의 손톱이 주르륵 흘러내렸다. 아니, 녹아내렸다고 표현을 해야 했다. 손톱부터 손, 팔, 어깨, 목, 머리, 가슴, 허리, 다리까지 숨 쉴 틈도 없이 순식간에 녹아내렸다.

녹아내린 뱀파이어의 옆에 있던 이가 흠칫했다. 그저 공격을 했음에도 불구하고 동료가 녹아내렸다. 죽은 것이다. 불사의 존재인 뱀파이어를 죽일 수 있는 것은 불과 성수.

어떻게 했는지 모르지만 화염 창은 눈에 보이니 그것만 주의하면 될 줄 알았다. 그런데 아니었다. 적의 몸에 닿았을 뿐인데 녹아서 죽음에 이르게 한 것이었다.

'뭐지? 설마… 성수를 몸에 바른 것인가? 그렇다 해도…….'

상상할 수조차 없었다. 도대체 언제 성수를 뿌린 것인가? 뿌릴 시간이 없었다. 전투 전에 뿌렸다면 이미 말라 사라졌어도 골백번은 더 사라졌을 것이다. 그러니 이해할 수 없었다.

그러한 뱀파이어들을 바라보며 제논이 웃었다.

"놈! 무슨 이상한 짓을 한 것이냐?"

뱀파이어들의 우두머리가 씹어 삼키듯 말을 내뱉었다.

"이상한 짓? 웃기는군. 본작이 보기에는 너희 존재 자체가 이상한데 말이지. 인간도 아닌 것들이 어찌 인간의 행세를 하려 하는지. 그것이 더 이상하지 않은가? 몬스터면 몬스터처럼 행동해야지."

"노오옴!"

누군가가 노호성을 터뜨렸다. 고귀한 뱀파이어를 일개 몬스터로 전락시켜 버린 제논의 말을 참지 못했기 때문이었다. 제논의 시선이 그러한 뱀파이어에게로 향했다.

"기다렸다!"

제논은 어색한 미소를 띠며 어깨에 걸쳐져 있던 창이 어느새 그의 손에 들리고 세상의 모든 것을 태울 듯이 회전하기 시작했다. 마치 불의 폭풍이 불어 닥치듯이 말이다. 뜨거운 열기가 사방을 점유하며 퍼져 나가기 시작했다.

열기가 퍼져 나가고 끊임없이 회전하던 창에서 잉태된 불꽃이 솟아올라 주변을 휘돌기 시작했다. 그리고 그 불꽃은 다시 그의 주변을 이탈해 사방으로 흩어지며 뱀파이어를 향해 쏟아져 나갔다.

"크아아악!"

"타, 타오른다!"

푸시시싯!

이 순간을 기다렸던가? 뱀파이어들은 분명 그가 자신들과 동수라 생각하고 있었다. 때문에 조금만 더 몰아붙이면 분명 자신들의 손톱 아래 고혼이 될 것을 믿어 의심치 않았다.

한데 아니었다. 제논은 지금 이 순간을 기다리고 있었다. 약하다는 생각이 들지 않게, 혹은 강하다는 생각이 들지도 않게. 그렇게 힘들게 혹은 자연스럽게 뱀파이어들을 상대함으로써 그들이 스스로 자만하기를 기다렸다.

뱀파이어의 안개화 능력은 상당히 까다로웠다. 형체조차 없이 사라져 전혀 예상 못한 지점에서 불쑥불쑥 튀어나오는 그들이기에 상당히 신경을 써야만 했다.

한두 명이면 상관없겠으나 상대는 무려 3백이나 되는 뱀파이어였다. 그들을 분노케 하고 미처 방비하기도 전에 한꺼번에 쓸어보기 위해서는 방법이 필요했다.

그 방법이라는 것이 바로 적에게 해볼 만하다는 혹은 강하긴 하나 몰아치면 충분히 가능성이 있다는 생각을 심어줘야만 했다. 제논의 전략은 상대에게 먹혀 들어갔다.

후퇴하기도 어려울 정도로 빽빽하게 제논을 둘러싸고 있는 뱀파이어들. 그들을 한꺼번에 쓸어버리는 화염의 창은 순식간에 뱀파이어들의 숫자를 줄어들게 만들고 있었다.

이쯤이면 자신들이 상대의 술수에 걸렸음을 알고 물러나야 하는 것이 정상이었으나, 뱀파이어들은 그렇게 하지 않았다. 무엇보다도 그들의 오롯한 자존심에 상처를 입힌 제논을 용서할 수 없었다.

"하등한 인간 주제에……."

"네놈의 피로써 전신을 적시고야 말리라."

"죽지도 살지도 못하게 만들어주마, 크하핫!"

뱀파이어들의 광란이 시작되었다.

콰자자작!

제논으로부터 뻗어 나온 화염의 창이 뱀파이어들이 만들어낸 다크 실드에 막혔다. 그에 뱀파이어들은 거침없이 제논을 향해 기다랗게 자라난 손톱을 휘둘렀다.

원거리에 있던 이들은 저 서클이라고 하지만 각종 마법을 자신의 신체에 부여하였고, 더욱더 강화된 몸과 분노하여 광폭하게 날뛰는 검붉은 마나로 제논을 사정없이 공격하기 시작했다.

"다크 애로우(Dark Arrow)!"

"다크 볼(Drak Ball)!"

"다크니스 미사일(Darkness Missile)!"

검푸른 색을 띤 어둠의 마법이 제논을 향해 쏟아져 들어갔다.

"크하하핫! 죽어! 죽으란 말이닷!"

거대한 박쥐 날개 모양의 무엇인가가 제논을 향해 쏟아져 들어갔다. 그들의 손에는 어느새 날카로운 레이피어 혹은 가늘고 긴 마상 장검과 같은 무기가 들려져 있었다.

그들의 마나는 어둠의 마나. 때문에 어둠과 어울리는 검푸른 오러가 제논을 향해 줄기줄기 쏟아져 들어오고 있었다. 제논이 피할 곳은 어디에도 없었다. 이 파상 공세에서 제논이 빠져 나오는 길은 오로지 죽음밖에 없었다.

뱀파이어들은 그렇게 확신했다. 그리고 설사 패트리아스 백작이 빠져 나온다 해도 상관없었다. 그 이유는 바로 제논에게 죽으면서 검푸른 색으로 터져 나간 이들의 힘이 살아남은 이들에게 흡수되고 있었기 때문이었다.

죽는 것이 죽는 것이 아니었다. 동료가 죽음으로써 그들은 더욱더 강한 힘을 내고 있었던 것이었다. 제논 역시 그것을 느끼고 있었다. 이들은 점점 강해지고 있었다.

그리고 제논의 눈에는 지금 거침없이 공격을 해오고 있는 이들의 사이사이에 연결되어 있는 어떤 사슬과 같은 것이 보였다. 바로 죽음의 사슬이라는 흑마법이었다.

비록 제논이 마법과 상성이 맞지 않아 마법을 익히지는 못했으나 마법적인 지식은 이미 9서클의 절대 현자 못지않았으니 죽음으로써 힘을 전이시키는 죽음의 사슬을 못 알아볼 리

만무하였다.

"좋구나!"

알 수 없는 제논의 음성이 그의 입을 뚫고 삐져나왔다. 무엇이 좋다는 말인가? 자신의 목숨이 경각에 처해 있음에도 좋다는 말을 어찌 할 수 있다는 말인가?

하나, 제논에게는 그럴 만한 이유가 있었다. 뱀파이어들을 향해 거침없이 공격을 가하고 있던 화염 창이 어느새 제논의 품속으로 돌아와 있었다. 그리고 제논은 자신의 화염 창의 끝을 잡고 그대로 들어 올렸다.

"정령 창(Elemental Spear), 살라맨더(Salamander), 운디네(Undine), 탄우(彈雨, Reflect Rain)!"

고오오옹!

그가 들어 올린 화염 창의 끝에서 붉고 투명하게 빛나는 빛줄기가 쏟아져 나왔다. 그리고 그 빛줄기는 아주 미세하게 쪼개지며 제논의 몸을 마치 타원형으로 둘러싸듯 둘러싸며 그를 향해 쇄도하는 모든 공격을 하나하나 막아내고 있었다.

비단 막아내는 것만이 아니었다.

투둥! 투두둥!

"커흡!"

"케헤엑!"

자신이 발현한 공격에 자신이 죽어갔다.

"피. 피햇!"

순식간에 그의 주변이 아수라장이 되었다. 절대 있을 수 없는 일이 일어났다. 자신이 쏘아낸 마나가 자신을 도리어 공격하고 있는 것이었다. 제논을 향해 공격했던 것보다 몇 배나 증폭되어 되돌아오는 공격에 속수무책으로 죽어나가는 뱀파이어들이었다.

"존재하지 말았어야 할 존재에 안식을!"

그렇게 커다랗게 외친 제논이 하늘 높이 치켜 올렸던 자신의 창을 그대로 대지를 향해 찍어 내렸다.

콰아아~ 콰콰가가강!

폭발이 일었다. 마치 호수에 돌을 던져 퍼져 나오는 둥근 동심원처럼 그를 중심으로 퍼져 나가는 그 거대한 폭발에 뱀파이어들이 휩쓸리기 시작했다. 백염의 폭풍이었다.

붉은색이 청록색이 되었고, 청록색이 주변의 모든 공기를 빨아들이며 백염의 폭발이 사방으로 퍼져 나갔다. 백염이 뱀파이어들을 휩쓸어갈 때 그들은 그저 놀란 토끼눈을 할 수밖에 없었다.

움직일 수도 피할 수도 없었다. 창백한 안색이 더욱 창백해졌고, 붉어진 눈동자는 더욱 도드라져 보였다. 어두운 밤을 밝히는 너무나도 밝은 빛. 그리고 그 빛의 폭발이 가라앉았을 때 그의 주변에는 아무것도 남아 있는 것이 없었다.

애초에 뱀파이어라는 존재가 있었는지조차 의심되는 그런 상황이 되어버렸다. 너무나도 깨끗하게 정리되어 버린 제논의 주변이었다. 제논은 대지에 박은 창을 꺼내 들었다.

두둥실.

그의 신형이 떠올랐다. 걸음을 옮기지도 않았는데 그의 신형이 미끄러지듯이 지금이 상황을 그저 놀란 눈으로 바라보고 사람들이 있는 곳으로 다가가고 있었다. 패트리아스 백작이 다가오고 있음에도 불구하고 마르시아노 자작은 여전히 미동조차 없었다.

너무 놀라 몸이 굳어져 버린 것일 게다.

'이럴 수는, 이럴 수는 없는 것이다.'

그는 믿을 수 없었다. 비록 3세대 뱀파이어였지만 셋이 모이면 마스터조차 어찌 해볼 수 있는 전력이었다. 그런데 그런 뱀파이어가 3백에 이르러 있음에도 불구하고 단 한순간에 모든 뱀파이어가 사라져 버렸다.

"……시오!"

누군가가 놀란 눈으로 굳어진 마르시아노 자작을 흔들었다. 그에 마르시아노 자작은 몸을 잘게 떨며 퍼뜩 정신을 차렸다. 그를 깨운 자는 그의 곁에 있던 귀족이었다.

그를 한 번 돌아보고 약 스무 명에 이르는 뱀파이어가 언데드 몬스터 소환진을 유지하는 것을 흘깃 바라보았다. 그리고 다시 시선을 제논에게 향하며 무겁게 입을 열었다.

"소환사들을 제외하고 전원 나를 따른다."

"명!"

마르시아노 자작은 빠르게 명을 내리고 앞으로 걸음을 옮겨갔다. 그의 신형 역시 허공에 둥둥 떠서 미끄러지듯이 제논을 향했다. 비단 그뿐만 아니라 그를 따르는 귀족들 역시 그러했다.

그리고 그러한 귀족들을 따르는 키메라 병사들은 이미 변신을 마치고 피처럼 붉어진 눈동자와 입에서는 기괴한 신음을 흘려내며 제논을 향해 치달고 있었다.

따로 명령이 필요 없었다. 그런 연유는 그들의 뇌리에 섬뜩하게 새겨진 제논의 무지막지한 무력 때문이었다. 그들은 붉어진 눈동자와 변신으로 두려움을 이겨내고 있었으나 뇌리 깊숙하게 잠재되어 있는 동물적인 감각은 어쩔 수 없었다.

너무나도 강대한 포식자를 대항하기 위해 혼자가 아닌 여럿이 뭉친 이유 역시 그러했다. 제논은 자신에게로 다가오는 키메라 병사들을 향해 창을 내던졌다.

3미터에 달하는 창이 팽그르르 돌며 다가오는 키메라 병사를 향해 날아갔다. 그저 회전하면서 날아갈 뿐이었다. 가장 선두에 섰던 키메라 병사의 손이 날아오는 창을 잡아갔다.

터억!

"크흐읍!"

그가가각!

외마디의 신음성이 터져 나왔다. 보통 인간의 다섯 배가 넘어가는 완력임에도 불구하고 팔이 떨어져 나갈 것 같은 충격과 함께 그대로 뒤로 밀리는 가장 선두의 키메라 병사였다.

그 뒤에 있던 키메라 병사가 창을 잡았다. 그 역시 마찬가지였다. 다음 키메라 병사는 그 둘의 몸을 잡았다. 하나, 밀렸다. 아니, 창에 세 명의 키메라 병사가 딸려가고 있었다.

대지에 깊숙한 발자국이 남겨졌다. 하나, 제논의 창은 멈추지 않았다. 속도조차 줄어들지 않았다. 두 명이 세 명이 되고, 세 명이 네 명이 되었다.

"크하아악!"

가장 먼저 창을 잡았던 키메라 병사가 그것을 놓았다. 그의 손은 살점이라고는 하나도 없이 오로지 백색의 뼈만 남아 있을 뿐이었다. 손만이 아니었다. 그의 어깨 역시 마찬가지였다.

커다란 비명이 곳곳에서 터져 나왔다. 제논의 창은 제논이 직접 잡고 있지 않음에도 불구하고 마치 자신의 임무를 알고 있다는 듯이 움직였다. 순식간에 스무 명이 넘는 키메라 병사가 죽어나갔다.

그때 제논의 손가락이 키메라 병사들의 중앙을 가리켰다.

그리고 검지를 편 후 위에서 아래로 움직였다. 제논의 검지를 따라 키메라 병사들을 일직선으로 돌파한 제논의 창은 위로 솟구치다 급전직하로 대지를 향해 박혀들어 갔다.

쾅아앙! 콰콰콰아앙!

거대한 충격파가 발생했다. 키메라 병사들이 마치 종잇조각처럼 사방으로 날아갔다. 그들이 날아가는 방향을 따라 검녹색의 핏줄기가 그려졌다. 팔이 잘리고 심장이 꿰뚫리고, 목이 잘려 나가고, 다리가 분리되었다.

"크아악!"

"케헤엑!"

비명이 어둠으로 이루어진 공간에 울려 퍼졌다. 순식간에 4분의 1이 날아가 버린 키메라 병사들이었다. 그러한 제논의 모습에 마르시아노 자작을 비롯한 귀족들의 안색은 더욱 창백하게 변해갔다.

시인하지 않을 수 없었다. 상대는 자신보다 몇 배는 강하다는 것을 시인해야만 했다. 상대를 얕본 자신들이 죽는 것은 분명했다. 하나, 그렇다고 그저 목을 빼 죽음을 기다릴 수는 없었다.

마르시아노 자작은 은밀하게 마법을 사용하여 지금의 모든 영상을 기록하기 시작했다. 그리고 자신이 죽으면 곧바로 장소를 이탈하도록 만들었다. 그는 2세대 뱀파이어이기에 충분히 그것이 가능했다.

"다크 인페르노(Dark Inferno)!"

"다크니스 버스트(Darkness Burst)!"

어둠의 마법이 실행되었다. 더 이상 키메라 병사들의 희생이 많아지면 안 되었다. 아니, 희생이 되더라도 패트리아스 백작에게 타격을 입혀야만 했다. 지금 전투에 난입하는 것은 어리석은 짓이다.

어떻게 해서든 원거리에서 타격을 입히거나 혹은 공격을 가해 신경을 분산시켜야만 했다. 그래야만 조금이라도 기회가 생길 수 있었다. 그러는 동안 제논의 뒤편으로 시커먼 그림자 다섯 개가 형성되었다.

바로 마르시아노 자작이 소환한 데쓰 나이트 한 개체와 네 명의 귀족이 소환한 네 개체의 듀라한이었다. 그 다섯 개체는 몸을 드러내자마자 그대로 제논을 향해 쇄도해 들어갔다.

데쓰 나이트(Death Knight)!

생전에 마스터에 이른 기사들로서 원념이 뭉치고 뭉쳐 언데드로 다시 태어난 자들.

그들은 언데드로 다시 태어났지만 약간의 이성을 가지고 있었다. 리치가 죽은 자들의 왕이라 일컬어진다면 데쓰 나이트는 죽은 자들의 기사장이라 할 수 있었다.

때문에 지금 제논을 향해 일검을 가르는 데쓰 나이트의 검에는 검푸른 색의 어둠의 마나가 담겨져 있었다. 오히려 생전보다 더 강해진 듯 보이는 어둠의 오러 블레이드라 할 수 있었다.

"죽. 인. 다!"

데쓰 나이트가 받은 명령은 그것이었다. 적을 죽이라는 것. 가로 막는 것을 모두 베어버리라는 것. 이성이 있다고는 하나 생전과는 비교도 할 수 없을 정도의 이성이었다.

촤르르륵!

제논의 손목에서 무언가가 풀려 나오기 시작했다. 또 다른 무기였다. 제논의 창은 지금 불의 정령이 깃들어 스스로 움직이고 있었다.

키메라 병사들의 사이를 누비며 작은 폭발과 함께 푸른색의 화염을 일으키며 병사들을 학살하고 있었다.

제논의 양 손목에 풀려나온 무기는 은색을 흩뿌리며 사방을 휘저었다. 가는 쇠사슬이 연결되어 있었다. 그저 쇠사슬일 뿐이었다.

하나, 그 쇠사슬은 너무나도 간단히 듀라한의 공격과 데쓰 나이트의 공격을 무산시키고 있었다.

콰직!

은빛 쇠사슬이 듀라한의 심장을 꿰뚫었다. 목이 잘린 듀라한. 어떻게든 죽이기 어려웠다. 하나, 심장이 꿰뚫린 듀라한은 마치 움직임이 정지된 골렘처럼 그 자리에서 우뚝 서더니 미세한 소리를 내며 스러지기 시작했다.

제논의 은빛 사슬은 단지 한 개체의 듀라한의 심장을 꿰뚫는 것으로 끝이 나지 않았다. 끝없이 길어지는 제논의 은빛 사슬. 마치 바늘에 실을 꿰듯 나머지 네 개체의 심장을 그대로 꿰뚫어 버렸다.

후와아앙! 콰창!

왼손의 은빛 사슬과는 반대로 오른손의 은빛 사슬은 데쓰 나이트의 검푸른 오러 블레이드에 부딪혀 튕겨져 나오고 있었다. 하나 마치 살아 있는 생물처럼 휘도는 제논의 은빛 쇠사슬이었다.

촤라라랑!

뱀의 그것처럼 민활하게 데쓰 나이트의 검을 휘도는 제논의 은빛 쇠사슬. 칭칭 감긴 자신의 검에 죽음의 오러 블레이드를 시전하는 데쓰 나이트. 하나, 제논의 은빛 쇠사슬은 풀릴 기미가 보이지 않았다.

데쓰 나이트가 나머지 한 손으로 자신의 검병을 잡아갔다. 마치 쇠사슬의 주인인 제논을 끌어들일 것처럼 말이다. 그 순간 은빛 쇠사슬이 풀려나기 시작했다.

촤르르륵!

아니, 풀리는 것이 아니라 마치 빨려들듯 데쓰 나이트의 목을 휘감고 있었다. 데쓰 나이트는 본능적으로 검병을 잡았던 손으로 은빛 쇠사슬을 잡아갔다. 그 순간 은빛 쇠사슬이 데쓰 나이트의 심장을 꿰뚫었다.

"끄까가각!"

기괴한 소리가 데쓰 나이트에게로부터 흘러나왔다.

심장이 있을 리가 없었다.그런데 데쓰 나이트가 고통을 느끼고 있는 것이었다.

은빛 쇠사슬이 관통한 데쓰 나이트의 심장은 붉게 물들어 가기 시작했다.

그와 동시에 데쓰 나이트의 목과 검도 함께 물들어갔다. 그러더니 이내 뜨거운 열기에 녹아내리는 고철처럼 노란색으로 변해 촛농처럼 흘러내리기 시작했다.

"그아아아아~"

귓등을 울리는 데쓰 나이트의 비명과 같은 울림.

촤르르륵!

네 개체의 듀라한과 한 개체의 데쓰 나이트를 잡아먹은 은빛 쇠사슬이 기이한 마찰음을 내며 뱀의 혓바닥처럼 민활하게 움직여 제논의 수중으로 빨려들어 갔다.

그와 함께 제논을 향해 쏘아져 오는 그의 화염 창. 화염 창 역시 자신의 임무를 완수했다는 듯이 제논의 손에 잡히자 화염을 불태우며 부르르 떨었다. 제논은 화염 창을 땅 끝에 대고 비스듬하게 서 다섯 명의 귀족을 바라보았다.

"으으음!"

제논의 모습에 다섯 귀족은 부지불식간에 침음성을 흘릴 수밖에 없었다. 의식적으로 흘리는 것이 아닌 너무나도 압도적인 모습에 절로 흘러나오는 침음성이었다.

"강… 하구나!"

마르시아노 자작의 입에서는 절망적인 목소리가 흘러나왔다. 그의 목에서 흘러나오는 목소리는 갈라져 있었다. 또한, 두려움이 깔려 있었다. 인정하지 않을 수 없었다.

상대는 강해도 너무 강했다.

'어쩌면 당대의 마스터조차 그의 상대가 안 될 수도…….'

막연하지만 그런 생각이 들었다. 사실 자신들의 유일한 로드에 대해서 자신들조차 제대로 알지 못한다. 본 적이 없으니 말이다. 로드는커녕 당대의 마스터조차 보지 못했다.

그가 제논의 무력을 재단할 수 있는 최강의 무력은 역시 당대의 마스터일 수밖에 없었다. 하지만 자신의 생각이 맞을지 틀릴지는 몰랐다. 당대의 마스터에 대한 무용을 듣기만 했을 뿐.

다만, 자신의 주군인 오브레임 후작과 오브레임 후작의 주군인 헤밀턴 공작의 무력은 가늠할 수 있었다. 듣고 경험한 적이 있으니. 그런데 솔직히 그들보다 지금 자신의 눈앞에 있는 패트리아스 백작이 더 강해 보였다.

그동안 패트리아스 백작에 대한 소문을 그저 뜬소문이라여겼다. 하나, 아니었다. 물론 직접 패트리아스 백작의 무력을 본 지금에 와서는 어째서 그 사실을 자꾸 외면했는지 자신의 심장을 치며 통탄할 일이었지만 말이다.

"너희는… 약하구나!"

제논의 무심한 말에 다섯 귀족은 잔뜩 불편한 얼굴이 되었다. 감히 자신들에게 약하다 말을 했다. 하등한 인간족 주제에 말이다. 하나, 그들은 함부로 입을 뗄 수 없었다.

자신들은 약했다. 지금 자신들의 눈앞에 있는 제논 패트리아스 백작에 비하면. 아니, 저기서 지금 3백의 키메라 병사와 소환체인 3백의 듀라한을 쥐 잡듯 잡고 있는 클라렌스 프라네리온 백작에 비해서도 말이다.

"우리가 끝이 아님을 알아야 할 것이다."

그렇게 말을 하고는 제논을 둘러싼 다섯 귀족이었다. 그들은 이미 이 일전에서 자신이 죽는다는 것을 확신하고 있었다. 그렇다고 눈앞의 상대를 피해 도망간다는 것 역시 말도 안 된다는 것을 알고 있었다.

하니 방법은 하나.

자신들이 죽어야만 하는 것이다.

"너희 정도라면 백만 명이 와도 상관없을 것 같군."

끝까지 다섯 귀족을 깎아내리는 제논이었다. 불쾌한 표정을 짓기는 했지만 제논의 말에 묵묵부답인 다섯 귀족이었다. 인정하기 싫었으나 인정할 수밖에 없었다.

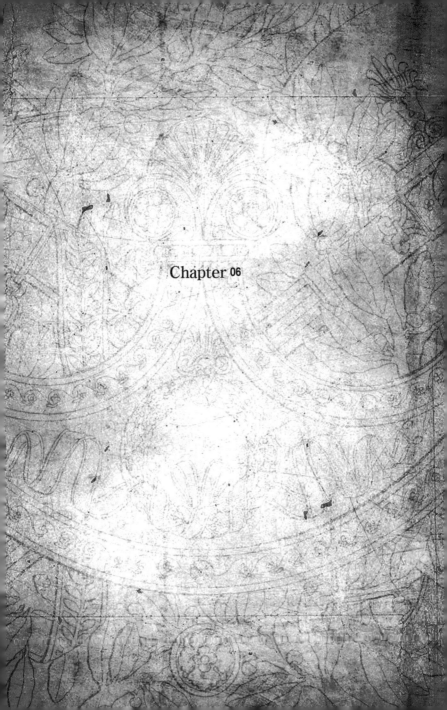

Chapter 06

보지 않았으면 모르되, 당장에 눈앞에서 자신할 수 없는 인원을 마치 밀짚 베듯 제거해 버린 제논이었으니 당연했다. 그렇게 잠깐의 시간이 흘렀다.

　"죽엇!"

　이것이 그들이 선택할 수 있는 유일한 방법이었다. 네 명의 귀족이 제논을 향해 뛰쳐나갔고, 마지막으로 남은 마르시아노 자작은 어느 한 방향을 흘깃 바라보더니 이내 몸을 날려 제논을 향해 쇄도해 들어갔다.

　그들의 모습은 쇄도라 할 수 없었다. 그저 모습이 사라져

어느 순간 제논이 있는 근처로 나타났을 뿐이었다. 순간 제논
이 있던 곳에 다섯 개의 시퍼런 장검이 꽂혔다.

다섯 자루의 장검.

그것은 완벽하게 제논의 몸을 관통하고 있었다. 그에 귀족
들은 득의한 웃음을 지었다. 득의할 수밖에 없었다. 단 한 번
도 건드릴 수 없었던 존재였기 때문이었다.

'한데……'

'왜?'

'감각이 없지?'

파라라락!

느끼는 순간 다섯의 귀족은 몸을 회전시키며 사방으로 퍼
져 자리를 이탈하였다. 하나, 그러한 자신들을 따라잡는 다섯
개의 빛줄기를 다섯 귀족은 볼 수 있었다.

그 빛에는 자신들이 지극히도 싫어하는 무언가가 담겨져
있었다. 절로 눈살이 찌푸려졌다.

그 순간 그들은 자신들의 운명을 직감하고 있었다.

'이렇게……'

'죽는 것인가?'

파하아악!

빛이 달아나는 한 명의 복부를 관통했다. 피는 흘러나오지
않았다. 뻥 뚫린 귀족의 복부에는 마치 무언가 녹아가듯 붉은

색과 노란색이 뒤섞여 그 세력을 점점 확산시키더니 종내에는 귀족의 전신을 휩싸고 돌았다.

"그아아악!"

인간의 음성도 몬스터의 음성도 아닌 소리가, 타서 재가 된 귀족의 입 속에서 흘러나왔다. 그것이 이 세상에 남긴 마지막 음성이었다. 한 명만이 아니었다.

나머지 네 귀족 역시 제논이 쏘아 올린 밝은 빛줄기를 결코 피할 수 없었다.

어떤 수를 쓰든, 심지어는 블링크를 사용하고서도 그 빛줄기에 심장 혹은 목 또는 복부를 관통당하는 귀족들이었다.

"크흐읍!"

순식간에 세 명의 귀족이 불꽃이 되어 사라져 버렸다. 남은 이는 단 한 명. 바로 마르시아노 자작이었다. 마리시아노 자작의 전신은, 지극히도 가문 날 땅거죽이 쩍쩍 갈라진 듯한 모습을 하고 있었다.

그 갈라진 곳 사이사이에서 불꽃이 재가 되어 공간으로 흩어지고 있는 모습은 무척이나 괴기스러웠다. 마르시아노 자작은 버티고 있었다. 너무나도 허무하게 죽는 자신이 마음에 안 든다는 듯이 말이다.

그의 눈동자는 여전히 붉게 빛나고 있었다. 누가 본다면 마치 피눈물을 흘리는 것처럼 눈동자의 붉은빛이 눈 주변으로 퍼져 있었다.

"……우리가… 끝이 아님을 알… 것……."

말을 끝마치지 못하고 마르시아노 자작은 불꽃이 날리며 머리부터 흩날리기 시작했다. 아름답다고 해야 할까? 칠흑같이 어두운 밤하늘 속으로 마치 반딧불처럼 흩날리는 죽음의 불꽃은 분명 아름다웠다.

서서히 사그라지는 불꽃을 보던 제논의 시선이 문득 한 방향을 향해 움직였다. 그리고 미소를 떠올렸다. 세상을 비추는 커다란 달빛의 밤은 그의 백색의 머리카락과 기묘하게 어울려 웃음이라기보다는 차가운 비수를 보는 듯한 모습이었다.

그가 바라보는 곳에는 아무것도 존재하지 않았다. 하지만 제논은 그곳을 바라보며 웃었다. 그리고 길게 늘어뜨린 창을 들어 자신이 바라보고 있는 곳을 가리켰다.

그가 바라보는 곳.

어둠보다 더 어두운 무엇인가가 반짝거렸다. 그 무엇인가는 칠흑보다 어두웠으며 마치 사람의 눈동자처럼 둥글었다. 그것이 제논의 모습을 지켜보고 있었다.

제논이 어둠의 눈동자처럼 반짝이는 것을 바라볼 때, 그 어둠의 눈동자를 통해 제논의 모습을 바라보는 이가 있었다. 다름 아닌 오브레임 후작과 그의 곁을 지키고 있는 크리스티나였다.

오브레임 후작은 등골이 서늘해짐을 느끼고 있었다. 어둠의 눈동자는 누구도 느낄 수도, 볼 수도 없었다. 오직 밤의 일족인 뱀파이어만이 만들어내고 느끼고 볼 수 있었다.

그런데 그것을 보는 이가 있는 것이다. 그것도 대충 위치를 추적하는 것이 아닌 정확하게 어둠의 눈동자가 있는 곳을 바라보고, 심지어는 창을 들어 가리켰다.

"흐읍!"

오브레임 후작은 나직하게 숨을 들이켰다. 마치 자신을 바라보는 것 같았다. 누군지 안다는 듯한 제논의 눈동자였다. 어둠의 눈동자를 격하고 자신에게 분명히 의사를 전달하고 있었다.

'다음은 너다. 조심해야 할 것이다.'

어둠의 눈동자에서 보이는 제논은 하얗게 웃고 있었다. 휘황한 달빛과 그 달빛에 부딪혀 기묘하게 어울리는 백발을 하고서 말이다.

꾸우욱!

오브레임 후작은 자신도 모르게 의자의 손잡이를 잡아갔다. 그의 손은 어느새 힘이 들어가 있었고, 그가 잡은 의자의 손잡이는 형체도 없이 사라지고 있었다.

그때 그의 손등 위로 폭신하고 따뜻한 무언가가 다가왔다. 오브레임 후작의 시선이 그 무언가의 주인을 찾았다. 크리스티나 오브레임이었다. 그녀는 웃고 있었다.

아니, 입은 그윽하게 웃고 있었으나 그녀의 눈은 뱀처럼 차갑게 가라앉아 있었다.

"긴장하는 건가요······."

그녀의 나른하면서도 달콤한 목소리가 오브레임 후작의 귓등을 때렸다. 오브레임 후작은 그녀를 보며 꿈쩍도 할 수 없었다. 무언가 끈적한 것이 전신을 옭아매는 것 같았다.

오브레임 후작의 얼굴은 긴장의 빛을 띠었다. 그러한 그를 향해 달콤한 얼굴이 다가오기 시작했다. 그의 이마와 그녀의 이마가 맞닿을 정도로 가까이 다가왔다.

위험하도록 달콤한 냄새가 오브레임 후작의 후각을 마비시켰다. 그녀의 붉은 입술이 다시 열렸다.

"그대는 무서움을 몰라야 합니다. 왜냐하면 진혈의 뱀파이어인 이 크리스티나 오브레임의 부군이기 때문입니다. 화가 나는 것이지요. 그렇지요?"

끄덕.

끄덕이는 오브레임 후작의 얼굴 사이로 클리스티나의 가는 금발이 나풀거리며 간질이기 시작했다. 한 올, 두 올. 마치 해초처럼 흘러내린 그녀의 금발이 그의 얼굴을 덮고 있었다.

"내가··· 어떻게 해줬으면 좋을까요?"

"······."

그녀의 눈동자와 접한 오브레임 후작은 말이 없었다. 갈등하고 있는 것이었다. 하지만 그의 갈등은 그리 길지 않았다. 그녀는 진혈이고 자신은 1세대 뱀파이어일 뿐이었다.

세대별 전력의 차는 극명하다. 그녀가 자신의 부인이기는 하나 그렇다고 해서 뱀파이어 내에서의 서열이 변하는 것은 아니었다. 그녀가 자신의 부인인 것은 어디까지나 대외적인, 그러니까 인적일 적에 통용되는 관습일 뿐이니까 말이다.

오브레임 후작은 크리스티나를 경계했다. 이미 그녀는 과거의 그녀가 아니었다. 순수해 보이는 이면에 지독히도 차갑고 잔혹한 성정을 지닌 그녀였다.

솔직히 오브레임 후작은 그녀가 무서웠다. 언젠가는 자신조차도 그녀의 먹이가 될 수 있음을 직감하고 있었기 때문이다. 그녀는 그에게 있어서 없어서 안 될 존재이기도 하지만 절대 같이할 수 없는 존재이기도 했다.

그녀는… 차기 뱀파이어 퀸의 물망에 오른 인물이었으니까. 순수해 보이는 그녀의 얼굴과 달콤한 목소리 속에는 언제나 끈적한 죽음의 냄새가 흘러나왔다.

그래서 오브레임 후작은 그녀를 궁지에 몰 방법을 생각을 했다. 궁지가 아니라도 좋았다. 그녀에게 타격을 줄 수 있는 방법이라면 무엇이라도 행해야만 했다. 더 이상 그녀에게 끌려 다니다가는 자신의 모든 것이 먹힐 것 같았다.

"클라렌스를 제거해 주시오."

"……."

순간 크리스티나의 행동이 멈췄다. 크리스티나는 오브레임 후작의 얼굴과 약간의 거리를 두더니 그를 뚫어지게 바라보았다. 오브레임 후작은 그녀의 시선을 피하지 않았다.

하나 그의 본능은 크리스티나의 기세에 공포를 드러내고 있었다. 오브레임 후작은 자신도 모르게 마른침을 삼켰다. 크리스티나는, 당당한 듯 시선을 피하지 않았지만 이미 몸에 각인된 공포로 마른침을 삼키는 오브레임 후작을 바라보았다.

그리고 날카로운 송곳니를 드러내며 새하얗게 웃었다. 오브레임 후작의 눈동자 깊숙한 곳에 자리하고 있는 자신에 대한 본능적인 두려움을 읽었다. 순간 그녀는 깨달을 수 있었다.

'결코 그 본능에서 벗어날 수 없을 것이다. 클라렌스를 죽여 달라 하여 나를 경동시킴과 동시에 나의 분노를 이끌어내 후계로부터 멀어지게 하려는 너의 의도는 결코 성공할 수 없을 것이다. 너는 나의 잔인함을 알기에…….'

그녀의 직관은 그렇게 말을 하고 있었다. 순수 속에 감춰진 자신의 잔인한 성정을 그가 읽었음을 말이다. 그래서 그는 자신을 견제하고자 하려 한다는 것을 말이다.

자신의 동생인 클라렌스. 인간일 적 가장 친했던 동생. 한

데 그녀를 죽여 달라고 하는 것이었다. 물론, 인간일 적 인과관계가 지금에 있어 무슨 의미가 있을까라고 생각할 수도 있겠으나 실제는 그렇지 않았다.

헤밀턴 공작 가문은 뱀파이어 일족이 되었다. 가문 전체가 말이다. 때문에 뱀파이어가 되었어도 인간일 적 인과관계에서 절대 자유로울 수 없는 것이 헤밀턴 공작 가문이었다.

그러하기에 헤밀턴 공작 가문이 뒤늦게 뱀파이어 일족으로 포함되었지만 뱀파이어 일족의 진혈이 될 수 있었고, 진혈 중에서 상위의 세력을 형성할 수 있었던 것이다.

그런데 그 가볍지 않은, 지금의 헤밀턴 공작 가문이 있게 만든 끈끈한 인과관계를 깨뜨리라는 말을 하고 있는 것이었다.

'나를 견제하는 것인가? 그대는 아니로군. 그대의 뒤에 대체 누가 있을까? 아버지? 당대의 로드? 누구지?

의문은 꼬리에 꼬리를 물고 나타나기 시작했다. 하지만 크리스티나는 결정을 해야만 했다. 그렇게 잠시간의 정적이 흘렀다. 먼저 입을 연 것은 크리스티나였다.

"진심이로군요."

오브레임 후작은 그녀의 시선과 그녀의 손, 그리고 그녀의 몸을 벗어나 의자에서 일어섰다. 그 순간 오브레임 후작은 아주 잠시나마 자유를 맛보았다.

자신을 옭아매는 거미줄과 같은 무엇으로부터 벗어났다는 안도감과 함께 말이다. 그 순간 오브레임 후작은 실소를 하고야 말았다. 자신에게 있어 부인인 그녀가 그런 존재가 되었다는 것에 말이다.

"부인도 보았을 것이오. 클라렌스는 결코 6서클의 마법사가 아님을 말이오."

무력적인 측면도 그렇지만 마법적인 측면 역시 오브레임 후작은 크리스티나를 어찌 할 수 없었다. 그러한 그가 알아보거늘 어찌 크리스티나가 알아보지 못했을 것인가?

"확실히… 그렇지요."

자신의 품을 벗어난 오브레임 후작의 등 뒤를 날카로운 눈으로 바라보는 크리스티나였다.

하지만 그녀의 목소리는 여전히 나른하면서도 달콤했다. 오브레임 후작은 그녀의 그런 목소리만 들어도 지독한 갈증을 느꼈다. 하지만 그 갈증은 그 어떤 것으로 풀 수 없음을 알고 있었다.

"그녀를 죽이면 그를 죽일 수 있나요?"

대답 대신 질문을 던지는 크리스티나였다. 모든 일에는 인과관계가 있고 선후가 있으며, 등가의 조건이 있기 때문이었다. 클라렌스만큼은 아니어도 그녀가 그에게 요구할 수 있는 등가의 조건은 바로 제논 패트리아스였다.

클라렌스도 문제였지만 제논 역시 문제였다. 어떻게 보면 그의 무력은 클라렌스보다 더욱 위험했다. 왜냐하면 그 힘의 근원이 도대체 무엇인지 알 수 없었기 때문이었다.

클라렌스는 그 근원이 분명하였다. 바로 마법. 그것도 최소 7서클 이상의 마법사라는 것이다. 그렇다면 그녀의 무력에 대하여 절반은 알고 있다고 해도 과언은 아니었다.

하지만 제논 패트리아스의 근원은 전혀 알지 못했다. 그동안 그를 파악하는 데 등한시한 것도 문제이지만 지금 어둠의 눈동자로 전송되어 온 그의 무력에 대한 근원은 파악할 수 없었다.

정상적인 마스터는 절대 그와 같은 무력을 발휘할 수 없었기 때문이다. 다수면 다수, 혹은 1대1이면 1대1, 그대로 모든 것에 최적화된 그의 무력은 마법인 것 같지만 마법이 아니었으며, 순수한 창술이라고 하기에는 무언가 석연치 않았던 것이다.

"……이제부터 알아볼 참이오."

오브레임 후작의 말에 앞으로 돌아오며 그와 시선을 맞추는 크리스티나였다. 그녀의 눈동자는 싸늘하게 식어 있었다. 그녀의 시선을 피하지 않는 오브레임 후작.

그러한 행동은 마치 오브레임 후작의 결심을 말해주는 듯했다. 그에 크리스티나는 눈이 호선을 그리며 웃었다. 마음에 들었다는 듯이 말이다. 그녀에게는 강하며, 강한 힘만큼 야망이 있는 자가 필요했다.

또한 자신의 한계를 잘 아는 자가 필요했다. 그러한 면에서 오브레임 후작은 자신의 한계를 명확하게 알고 있었으며, 적당한 야심도 있었다. 때문에 1세내임에도 불구하고 상당한 위치를 자리하고 있는 것이니 말이다.

"그리하지요."

그렇게 말을 하며 오브레임 후작의 옆을 스쳐 지나가는 크리스티나였다. 오브레임 후작은 그녀를 그대로 놓아주었다. 아니, 그녀가 그를 놓아주었는지 모를 일이었다.

그녀가 자신의 집무실을 벗어났음에도 오브레임 후작은 한참 동안 미동조차 하지 않았다.

뚝! 뚜욱!

그때 그의 발밑으로 무언가 진득한 것이 떨어져 내렸다. 비릿한 냄새가 그의 집무실 안에 퍼졌다. 그의 주먹은 꽉 쥐어져 있었다. 어찌나 꽉 쥐었던지 그의 손톱이 손바닥을 파고들어 핏방울이 흘러내리는 것이었다.

오브레임 후작의 얼굴은 딱딱하게 굳어져 있었다.

까득!

이빨을 가는 소리가 들려왔다. 어금니를 꽉 깨물었는지 턱관절에 단단하게 굳어졌으며 그의 입술은 일자로 다물어져 스스로 분노를 감추고 있음이 드러났다.

표정에서 드러나듯 그는 지금 지극히 위험한 생각을 하고 있었다. 물론 그 지극히 위험한 생각이 무엇인지는 그가 직접 입을 열지 않았으니 알 수 없었지만 말이다.

그러한 그를 남겨두고 집무실을 나온 크리스티나는 오브레임 후작 앞에서 보였던 고혹적이고 달콤한 웃음은 사라지고 날카롭고 창백한 얼굴로 돌아와 있었다.

진정 방금 전 그 고혹적인 행동을 하던 이가 맞는지 의심이 갈 정도였다. 그녀는 말없이 집무실로 통하는 긴 회랑을 벗어나 자신만의 공간으로 들어서고 있었다.

문을 열고 들어서는 그 순간 크리스티나의 얼굴은 또다시 바뀌고 있었다. 순결한 처녀와도 같은 그런 모습이었다. 어찌한 얼굴이 불과 몇 분 사이로 이리도 천차만별로 변할 수 있는지 알 수 없었다.

또한 그 모습이 모두 달랐다. 오브레임 후작에게는 유혹을, 홀로 존재할 때는 오롯한 차가움을, 또 다른 누군가를 만날 때는 순결한 이가 되었다.

"오오~ 크리스티나! 오랜만이로구나."

문을 열고 들어설 때 누군가의 목소리가 그녀의 귓등을 때렸다. 그녀의 표정이 변했다. 순수한 놀람의 빛으로 말이다. 분명 문 밖에서의 표정은 모든 것을 알고 있다는 얼굴이었으나 지금은 또 다른 모습이었다.

그녀는 즉시 허리를 숙여 극한의 예를 보였다.

"뱀파이어의 어머니이자 퀸이신 에르체르트 바토리 님을 뵙습니다."

뱀파이어 퀸 에르제르트 바토리.

그녀는 지극히 아름다웠다. 밀가루를 바른 듯 창백한 피부와 어울리는 고귀함까지 갖춘 뱀파이어들의 퀸이었다. 그녀가 크리스티나 혼자만의 공간에 앉아 있었다.

그녀의 등 뒤로는 밝은 햇살이 비쳐 성스럽기까지 하였다. 하나 그것은 그녀를 몰라서 하는 말이다. 블라드 체페슈이가 모든 뱀파이어의 로드라 한다면 그녀는 모든 뱀파이어의 퀸이었다.

그녀는 잔인했다. 저 순결하고 고귀한 얼굴 이면에는 지독히도 잔인한 얼굴이 감춰져 있었다. 그녀는 최초의 여 뱀파이어가 되기 전 젊음을 유지하기 위해 처녀의 생피로 목욕을 했다.

그렇게 죽은 처녀만 해도 무려 6백여 명에 이른다. 물론, 그것은 그녀의 성 주변에 묻혀 있던 시신만을 말함이었다. 그녀의 입에서 흘러나온 말에 의하면 그녀에게 피를 바치고 죽은 처녀는 1천 2백여 명 이상이었다.

그녀는 그렇게 잔인했다. 그러하기에 그녀는 모든 뱀파이어의 어머니라 불렸다. 피는 뱀파이어들의 모든 것이라 할 수 있을 것이니 말이다.

"일어나거라. 내 너에게 예를 받고자 하는 것이 아니니."

"감사합니다."

크리스티나는 뱀파이어 퀸 에르체르트 바토리를 지극한 예로 대했다. 그렇다고 그녀를 무서워하는 것도 아니었다. 이 것은 상당히 의외의 일로, 블라드 체페슈이를 제외하고는 그 어떤 뱀파이어도 그녀 앞에서는 위축되고 두려워한다.

하나 유일하게 크리스티나는 그렇지 않았다. 아니, 오히려 크리스티나는 에르체르트 바토리를 진심으로 자신의 어머니 대하듯 대하고 있었다. 그것은 에르체르트 바토리 역시 느끼고 있었다.

그러한 그녀가 감사하다는 말을 하는 크리스티나의 얼굴을 자세히 바라보더니 입을 열었다.

"걱정이 있더냐?"

"무슨……."

"너는 이미 나의 혈족이니 감출 필요 없느니라."

"실은… 있습니다."

"말해보거라."

바토리는 마치 진실로 자신이 크리스티나의 어머니라도 된 듯이 말을 했다. 크리스티나는 주저했다. 말을 해야 할지 아니면 숨겨야 할지 말이다. 그 모습이 진실되어 보였고, 애처로워 보였다.

"나를 믿지 못하는 것이더냐?"

"아, 아닙니다."

"하면 듣겠다."

"부군인 오브레임 후작으로러 저의 인간일 적 친자매 중 한 명을 죽여 달라는 부탁을 받았나이다."

"인간일 적 친자매라면?"

바토리는 대충 헤밀턴 공작 가문의 사정을 알고 있었다. 그녀에게 있어 대충이라면 아주 세세한 부분까지 알고 있다고 해도 과언이 아니었다. 특히나 자신이 아끼는 크리스티나가 있는 가문이었으니 말이다.

"클라렌스 헤밀턴, 아니, 이제는 클라렌스 프라네리온 백작이나이다."

"……힘들더냐?"

크리스티나의 말에 한참 그녀를 직시하던 바토리는 입을 열어 물었다. 그녀의 물음에는 의미가 있었다. 하나는 아직 인간일 적의 인연에 연연하느냐는 질책이었고, 하나는 그리 강단이 없어서 어찌 차기 퀸의 자리를 생각하느냐 하는 것이었다.

사실 바토리는 처음부터 크리스티나를 자신의 후계로 점

찍어 놓고 있었다. 그녀는 순수했다. 그래서 그녀는 더욱 순수한 뱀파이어가 될 수 있었고, 그 순수함으로 자신의 잔인한 치부를 가릴 수 있을 것이라 생각하고 있었다.

뱀파이어에 어울리지 않는 순수함이 바토리의 마음을 움직인 것이었다. 그러하기에 잔인하기로 소문 난 그녀일지라도 크리스티나 앞에서는 마치 그녀의 친어머니처럼 대하고 있는 것이었다.

그것은 사실 바토리 그녀가 갖지 못한 것에 대한 집착이었으나 어찌 되었든 바토리는 아직도 인간일 적 연에 연연하는 크리스티나가 안쓰러우면서도 도와주고 싶다는 연민의 정을 느끼게 하고 있었다.

"……"

바토리의 물음에 크리스티나는 눈물은 보이지 않았으나 시무룩하게 혹은 울듯한 모습으로 고개를 푹 숙일 뿐이었다. 그렇게 시간이 흘렀다. 그리고 마침내 바토리가 그 침묵을 깨뜨렸다.

"원하는 것을 말해보아라."

말은 그렇게 했지만 이미 바토리는 결심을 굳힌 후였다. 크리스티나 역시 그것을 느꼈다. 하지만 크리스티나는 곧바로 말을 하지 않았다. 그녀는 여전히 머뭇거렸다.

"안 되겠구나. 본녀의 후계가 고작 인간일 적 인연에 가로

막혀 그 총기가 흐려짐에 본녀가 나설 수밖에 없음이다."

"무슨……."

크리스티나의 숙여진 고개가 번적 쳐들렸다. 매우 놀랐다는 듯이 말이다. 결코 그것을 바라지 않는다는 얼굴과 아직도 갈등을 하고 있는 듯한 눈동자였다.

그러한 그녀의 눈동자를 그윽하게 바라보는 에르체르트 바토리였다. 그녀의 입에 푸근한 미소가 떠올랐다. 걱정하지 말라는 듯이 말이다.

"본녀를 믿으라. 좋은 소식이 있을 것이다."

"퀸이시여~"

그 순간 에르체르트 바토리의 모습이 사라졌다. 검은 연기혹은 먼지가 되어 사라졌다. 그러한 모습을 크리스티나는 그저 멍하니 바라만 볼 뿐이었다. 도저히 그 의미를 알 수 없다는 듯이 말이다.

그녀는 에르체르트 바토리가 사라진 후에도 한참 동안 고민에 찬 모습을 보여주었다. 그리고 근 서너 시간이 지난 후에야 아주 서서히 몸을 일으켜 세우고 있었다.

일어서는 그녀의 입가에는 싸늘한 미소가 떠올라 있었다. 순수한 눈망울은 어느새 사라지고 차갑고 독한 눈동자가 자리하고 있었다. 그리고 나직하게 한숨을 내쉬며 창가로 다가갔다.

그리고 어느새 밤이 되어 달이 떠오름에 그 달을 바라보며 또다시 웃었다. 그녀의 입술을 뚫고 나직하고 끈적한, 유혹하는 목소리가 흘러나왔다.

"뱀파이어 퀸. 에르체르트 바토리! 너무 오래 살았지 않은 가?"

세상은 적막이 젖어들었다. 그 누구도 그녀의 말을 들을 수는 없었다. 만약 들었다면 세상은 숨이 멎었을 것이다. 감히 모든 뱀파이어의 퀸인 에르체르트 바토리에게 너무 오래 살았다는 말을 할 이는 없으니 말이다.

그녀는 순수하지 않았다. 그녀는 어쩌면 1천 2백이 넘는 처녀의 피로 목욕을 하고, 그 피를 마셔온 에르체르트 바토리보다 더 잔혹할지 몰랐다. 그의 부군은 물론이고 그녀를 후견하는 뱀파이어 퀸마저도 손아귀에 쥐고 흔들 그런 잔혹한 악녀일지도 몰랐다.

하지만 상대는 수백 년 동안 존재하며 단 한 번도 퀸의 자리에서 물러난 적이 없는 뱀파이어 퀸 에르체르트 바토리였다. 어쩌면 지금의 생각은 오로지 크리스티나만의 것일 수 있었다.

어두운 하늘. 백색으로 빛나는 달빛 아래 두 명의 존재가 있었다. 그는 다름 아닌 뱀파이어 퀸 에르체르트 바토리와 그녀의 인간일 적 집사장 제이슨 카디날리였다.

그는 인간일 적 그대로 늙은 모습이었다. 하나 그 누구보다 뱀파이어 퀸 에르체르트 바토리를 잘 알고 있었고 그녀가 존재함으로써 그가 존재한다 할 수 있을 정도의 충성심을 가지고 있었다.

"퀸이시여."

"할 말 있나?"

"있습니다."

"제이슨 그대의 조언이라면 기꺼이."

"감사합니다."

그의 충성을 알기에 뱀파이어 퀸 에르체르트 바토리는 그가 어떤 말을 할지라도 능히 들어줄 의향이 있었다. 그의 의견 치고 그 결과가 나쁜 방향으로 흐른 직은 결코 없었다. 또한 자신이 알고 있다 하더라도 언제나 경각심을 갖게 하여 일을 성공으로 이끌어 온 존재이기 때문이었다.

"그녀는 순수하지 않습니다."

단도직입적으로 입을 여는 집사장 제이슨 카디날리의 말에 걸음을 멈추고 그를 뚫어지게 바라보는 에르체르트였다. 사실 그러했다. 뱀파이어가 어떤 종족인데 순수함이 살아 있을까?

뱀파이어란 백만 명을 죽인 인간이나 혹은 천만 명의 목숨을 앗아간 인간보다 더 잔악한 존재였다. 그런데 그런 뱀파이어의 정점에 들어선 이가 순수하다는 것은 말도 안 되는 사실이었다.

"내가 모를 것이라 생각하나?"

"죄, 죄송합니다. 주제넘었습니다."

에르체르트의 말에 즉각 자신의 잘못을 시인하는 제이슨이었다. 그에 에르체르트는 다시 걸음을 옮겼다. 그리고 마치 자신에게 말을 하듯 중얼거렸다.

"귀엽지 않은가? 마치 오래전 내 모습을 보는 것 같지 않은가?"

"……."

에르체르트의 중얼거림에 제이슨은 어떤 말을 하지 않았다. 분명 죄송하다는 말을 했으나 그의 얼굴에는 여전히 불안한 무언가가 존재해 있었다. 그것을 느꼈음인지 에르체르트가 다시 가던 걸음을 멈춰 세웠다.

그리고 조용히 자신의 뒤를 그림자처럼 따르고 있는 제이슨을 향해 몸을 돌려세웠다. 제이슨 역시 걸음을 멈췄다. 그러한 제이슨의 앞으로 에르체르트가 다가갔다.

카이젤 수염에 창백한 얼굴색. 그의 얼굴에는 불만이 있었으나 여전히 에르체르트에 대한 무한의 충성심으로 가득 차 있었다. 에르체르트는 그러한 제이슨의 얼굴에 자신의 손을 들어 닿을 듯 말듯 쓰다듬었다.

"나의 충성스러운 그림자, 제이슨 카르딜라여. 나는 지금 너무 무료하여 가슴이 터질 것 같다. 이 무료함을 어찌 달래야 할 것인가?"

그녀의 붉은 입술이 달싹였다. 매우 위험한 달콤함을 담아, 속삭이듯 제이슨의 눈앞에 어른거렸다. 제이슨의 눈동자에는 누구도 모를 오직 자신만이 알 수 있는 열기가 담겨져 있었다.

"퀸께서 원하신다면 무엇을 망설이겠습니까? 피의 유희 속에 몸을 담그시는 것이 옳을 것입니다."

"그러하다. 나의 충성스러운 그림자 제이슨 카르딜라여."

말과 함께 에르체르트의 입술이 제이슨의 열기를 담은 입술 위로 포개어졌다. 그들의 입맞춤은 오래 지속되었다. 그리고 그들의 입맞춤 속에 검붉고 가는 핏줄기가 터져 나왔다.

오랜 입맞춤의 끝에 에르체르트가 제이슨의 입술을 벗어났다. 그리고 제이슨의 눈동자 깊숙이 바라보았다. 그녀는 그녀의 입술에 묻은 핏물을 혀로 핥아 삼켰다.

날카로운 송곳니를 드러내며 웃음을 지어 보이는 에르체르트였다. 제이슨은 여전히 무방비 상태로 서 있을 뿐이었다. 그러한 제이슨을 일별 한 후 에르체르트는 돌아섰다.

"클라렌스 프라네리온에 대한 정보가 필요하다."

그녀의 말에 제이슨은 무릎을 꿇고 허리를 굽히며 손을 가슴에 대고 입을 열었다.

"퀸의 명이시라면 이루어질 것입니다."

그리고 제이슨이 몸을 일으켜 세웠을 때 이미 에르체르트는 그 자리에 없었다. 그에 제이슨은 어느 한 방향을 멍하니 바라보았다. 그의 눈동자는 잔뜩 아쉬움을 담고 있었다.

문득 제이슨은 아직 핏기가 가시지 않은 자신의 입술에 손가락을 가져다 대었다. 그녀의 입술에 담긴 온기가 아직도 남아 있는 듯하였다. 그녀는 항상 그러했다.

자신에게 무엇을 시킬 때면 언제나 이렇게 선심 쓰듯 무언가를 던져 주었다. 하나, 그 하잘 것 없는 선심일지라도 제이슨은 그녀를 원망하지 않았다. 자신이 선택한 길이었다.

에르체르트 바토리가 인간일 적 수천의 처녀를 잡아온 것도 자신이었고, 그녀가 처녀의 피로 목욕을 할 때 곁에서 시중을 들었던 것도 자신이었으며, 그 사건이 붉어져 그녀가 마녀로 인식되어 화형의 위기에 처했을 때에도 그녀의 곁에서 떠나지 않았다.

그녀에게 있어 자신은 어떤 존재인지 모를 일이었다. 그에게 있어 중요한 것은 자신이 그녀의 가장 가까운 곳에 존재한다는 것뿐이었다.

"에르체르트, 그대가 원한다면 기꺼이……."

제이슨은 그렇게 중얼거렸다. 그녀를 위해서라면 못할 것이 없었다. 그녀가 뱀파이어 로드인 블라드 체페슈이의 심장을 원한다면 그 심장을 꺼낼 것이었다.

스스스슷!

그리고 서서히 제이슨의 발끝에서부터 검은색의 먼지로 화하기 시작했다.

푸드드득!

수십의 박쥐가 날아 사방으로 흩어졌다. 검은색 먼지가 이제는 칙칙하게 검은 박쥐로 변해 검게 물든 야공으로 사라져 갔다. 그 모든 박쥐가 사라지고 둥근 달 속에 한 명의 여인이 있었으니 그녀는 에르체르트 바토리였다.

"불쌍한 제이슨. 그대는 나를 사랑하지 말았어야 해요. 나의 심장에는 그대가 자리할 공간이 없음이니 말이죠."

그렇다. 그녀는 제이슨을 사랑하지 않았다. 단지 자신의 일을 대신 처리해 줄 무엇이 필요했을 뿐이었다. 그는 그저 그런 사람이었다. 그 이상도 이하도 아닌 존재.

에르체르트가 달 속에서 웃었다. 날카로운 송곳니와 창백한 얼굴이 일그러졌다. 그 모습은 너무도 환하고 아름다웠다. 짙고 퇴폐적인 아름다움. 그 아름다움이 밝은 달빛과 함께 어울리며 사그라졌다.

＊　　　＊　　　＊

그 시각 패트리아스 백작 영지의 두 개 방면은 치열한 전투를 이어가고 있었다. 서늘해야 할 밤공기가 진득하고 비릿한 냄새를 풍기며 후끈하게 달아오르고 있었다.

"기사단 돌격하라!"

"보병은 오와 열을 맞춰 진군하라!"

"전고를 울려라!"

"와아아아!"

요툰하임의 산악지형.

그곳에서는 드라기 백작이 이끄는 연합군 3만과 람페두사의 코서 백작이 이끄는 3만 5천의 병력이 격돌하기 시작했다. 그들은 정통적인 보병 돌격전을 실시하고 있었다.

수천의 화살을 발사하여 하늘을 새까맣게 물들이고, 수십수백의 마법사가 일제히 마법을 난사하였다. 그러면서도 착실하게 상대를 향해 진군하는 보병이었다.

그리고 궁병과 마법사들이 적에 대한 무차별 난사를 멈추고 개별적으로 사격과 함께 마법을 사용할 즈음 경기병이 빠르게 적의 측면을 들이치고, 뒤이어 풀 플레이트 메일을 입은 기사들이 돌격하며 보병의 중심을 흩어놓는 전략이었다.

전통적인 방법이다. 그 외에 대체 어떤 전략이 있을 수 있다는 말인가? 양측이 똑같았다.

"방패 들어!"

"착검!"

"기사들의 돌입을 준비하라!"

양측의 외침이 한 치의 틈도 없이 딱 맞아떨어지고 있었다. 이러한 전투는 훌륭한 무기와 갑옷, 그리고 병력들의 훈련이 얼마나 잘되어 있는가에 따라 결과가 결정이 난다고 해도 과언이 아니었다.

콰카가각!

연합군이 귀족군의 측면을 돌파하는 순간 귀족군 역시 연합군의 측면을 돌파당했다. 하나 결과는 극명하게 갈렸다. 바로 귀족군은 전열이 무너지며 비명 소리가 울려 퍼졌지만 연합군은 돌파 당하지 않고 막아내고 있었다.

"흐으읍."

"방패 밀어!"

"장창 찔러!"

이히히힝!

전투마 연합군이 내민 긴 장창을 뛰어 넘지 못하고 그대로 찔리면서 둔중한 소음과 함께 대지 위로 떨어져 내렸고, 그 여파로 말 위에 탄 기사들 역시 낙마하기 시작했다.

"와아~"

"죽여랏!"

"여기 기사다!"

"크으읍! 이 미천한 놈들이!"

수십의 병사들이 긴 장창으로 낙마를 하고 정신도 제대로 차리지 못한 기사를 향해 찔러 들었고, 상황을 제대로 파악하지 못한 기사는 사방에서 찔러 오는 장창에 제대로 힘 한 번 써보지 못하고 피를 뿜으며 죽어갔다.

하나 모든 것이 그렇게 낙관적이지는 않았다. 기사가 괜히 기사라 불리는 것이 아니었다. 특히 마나를 다룰 줄 아는 기사는 그야말로 두려움의 존재라 할 수 있었다.

"비천한!"

콰하아악.

말과 함께 떨어져 내리던 기사 한 명이 자신을 향해 쇄도하는 수많은 장창을 한꺼번에 베어내 버리고는 검에 마나를 시전하여 둘러싸고 있는 병사들의 목을 일거에 베어냈다.

사방에 피 무지개가 그려졌다. 일순 병사들이 주춤거렸다.

"이노오옴!"

그때 어디선가 두세 명의 기사 나타나 낙마한 기사를 에워싸며 파상 공세를 시작했다. 같은 기사로서 말을 탄 것과 말을 타지 않는 것은 천양지차라 할 수 있었다.

아무리 마나를 다루는 기사라 할지라도 말을 타고 마상 장검으로 공격해 들어오는 기사들의 공격은 결코 쉽게 피해내거나 막아낼 수 없었다. 때문에 얼마 안 있어 마나를 시전한 귀족군의 기사는 피범벅으로 전장에서 싸늘한 시체가 되어야만 했다.

"진겨억! 진겨억하라!"

"물러서지 마라! 물러서지 마라!"

병사들을 독려하는 외침이 사방에서 들려오기 시작했다. 어느 쪽이 우세라 할 수 없는 치열한 접전이 시작된 것이었다. 그 모습은 양측의 지휘부에서 지켜보기에는 상당히 답답한 모습으로 비쳤다.

"허어~ 귀족군이 작정을 한 모양이로군요."

"어쩌면 이번 한 번의 결전이 모든 것을 결정할 수도 있음이니 어쩔 수 없는 것이겠지요."

"중군을 투입하실 겁니까?"

전장을 지켜보던 귀족들이 저마다 한마디씩 하며 다음 작전에 대해서 물었다. 그에 드라기 백작은 말없이 전장을 살펴보고 있었다. 어쩐지 적들은 모든 병력을 동원하지 않는 것 같아 보였기 때문이었다.

"어찌 생각하는가?"

드라기 백작은 자신의 옆에 있던 곤잘레스 남작에게 물었다. 곤잘레스 남작 역시 무언가 석연치 않은 귀족군의 움직임에 잔뜩 이마를 찌푸리고 있었다.

"무언가 이상합니다."

"역시 그렇지?"

둘의 대화에 귀족들은 서로의 얼굴을 쳐다보며 대체 무슨 말인지 모르겠다는 듯이 서 있었다.

"대체 무엇이 이상하다는 말입니까? 아군만큼이나 적들 역시 최선의 전략으로 대하고 있을진대……."

일견하기에는 그렇게 보였다. 연합군이 3만 1천, 적 병력이 3만 4천. 별로 차이나 보이지 않는 전력이었다. 실제 귀족군 역시 전 병력이 전투에 참여하고 있는 것처럼 보였고 말이다.

하지만 그것은 귀족들의 입장에서 본 병력의 규모였고, 전장과 전략을 꿰뚫고 있는 군사의 입장에서 보는 귀족군의 병력 규모는 어딘가 모르게 허전했다.

허전하다는 말은 전력을 이번 전투에 투사하지 않았다는 것을 의미하며, 그 나머지 인원은 어떤 특별한 것을 꾸미고 있다는 것을 의미하기 때문이었다. 그러함에 곤잘레스 남작의 이마는 잔뜩 찌푸려질 수밖에 없었다.

"일단 호위 기사단과 마법사단을 대기토록 해야 할 것 같습니다."

곤잘레스 남작의 말에 드라기 백작이 고개를 끄덕이며 입을 열었다.

"그들이 우회한다고 생각하는가?"

"지금으로써는 그 방법밖에 없습니다. 고작 몇천이라고는 하나 우회하여 아군의 배후를 들이치면 그야말로 치명적인 타격을 입을 수 있기 때문입니다."

"그렇군. 그러면 준비토록 하고, 휘트니 자작이 후방 방어를 담당토록 할 것이며, 남은 인원은 전면에 벌어진 전투에 집중토록 하지."

"명을 받듭니다."

명을 내린 드라기 백작이 말을 몰아 앞으로 나아갔고, 새로이 명을 하달받은 휘트니 자작은 호위 기사로 남아 있던 5백의 기사와 마법사 2백, 그리고 병력 2천을 이끌고 드라기 백작과는 반대 방향으로 움직였다.

"4개의 정방진을 형성하고 각 정방진마다 1백의 기사와 50의 마법사를 배치토록 한다."

"명을 받듭니다."

호위를 위한 병력으로 정예 중의 정예였던지 휘트니 자작의 명을 받은 즉시 4개의 사각형으로 이루어진 방어진이 형성되었고, 각 방어진마다 기사들과 마법사들이 배치되었다.

그리고 방어진이 완성되자마자 마치 기다렸다는 듯이 함

성이 들려오며 몇천에 이르는 병력이 그들을 향해 쏟아져 들어오기 시작했다.

"와아~"

"공격하라! 공격하라!"

그들의 공격을 받은 휘트니 자작은 그나마 진이 완성되고 난 후 그들이 공격해서 다행이라는 듯이 침착하게 병력을 통솔하여 막아가기 시작했다.

상당히 침착하게 백전노장다운 모습을 보여주고 있는 휘트니 자작이었다.

"궁병 2열 사격 개시. 마법사는 주문을 영창하고, 기사들은 적의 돌격을 대비하라!"

일사분란하게 움직였다. 효율적인 방어 전법이라 할 것이다. 적들은 내달리는 속도 그대로 각 방어진에 부딪혀 왔고, 미리 준비하고 있던 병사들은 흔들림 없이 대적하기 시작했다.

"기사단 돌격하라!"

"방패 잡아!"

"검을 교체한다!"

장검에서 글라디우스로 교체하면 단병접전을 준비하였다. 적들 역시 이미 난전을 예상이라도 했다는 듯이 짧은 글라디우스로 바꿔 자신들의 진로를 가로막는 방패를 가차 없이 내려치고 있었다.

"콰앙! 쾅!

쓰걱!

"커허억!"

"죽엿!"

"죽엇! 죽으란 말이닷!"

"커허억! 기, 기사들이……"

일단의 무리가 좌우에서 기습을 한 귀족군들을 압박하기 시작했다. 자연스럽게 방어를 명령하고 지휘하는 중앙에 텅 비게 될 즈음 갑자기 방어진의 뒤편에서 함성이 터져 나왔다.

"캬하아~ 죽어랏!"

"꺼흐으윽!"

"괴, 괴물!"

"무슨……"

갑작스럽게 나타난 또 다른 무리에, 침착하게 대응하던 휘트니 자작의 입에서 경악성이 흘러나왔다. 누군가가 그런 병력을 두고 괴물이라 하였다. 맞았다. 휘트니 자작이 보기에도 그들은 괴물이었다.

초록색의 피부에 돋아난 뱀의 비늘과 같은 피부. 키가 3미터를 넘어가며 바위를 연상키는 사람이 있는가 하면, 한쪽

팔만 거대하게 커져 잡히는 족족 터뜨려 죽이는 이가 있었다.

그 수는 고작 1천 정도밖에 되지 않았으나 그 전투력은 말로써 표현할 수 없을 정도였다. 병사들이 창과 검은 그저 튕겨 나가기 일쑤였다. 어떤 방법을 동원하더라도 괴물 같은 그들에게 생채기조차 낼 수 없었다.

콰지직!

"키이익! 간지럽군."

도마뱀 인간이었다. 분명 나타났을 때는 인간이었는데 어느 순간 키가 2미터 이상으로 커지며 머리가 도마뱀으로 변하고 비늘이 돋아났다. 한 손으로 찔러오는 병사들의 검을 움켜잡아 박살 내고는 병사의 안면을 손바닥으로 감싸 들어 올렸다.

"므… 므……."

거대한 손바닥에 막혀 제대로 말조차 못하는 병사였다.

낼름.

도마뱀 인간이 파충류의 혓바닥을 날름거리더니 옆으로 긴 입이 마치 웃는 것처럼 찢어졌다. 분명 웃는 것이었다. 그리고 그 순간.

퍼허억!

잘 익은 수박 터지는 듯한 소리를 내며 손으로 잡고 있던 병사의 머리를 터뜨려 버리는 도마뱀 인간. 그리고는 자신의 손에 묻은 진득한 피와 뇌수를 파충류의 혀로 핥았다.

"켈켈!"

Chapter 07

"저… 저……."

휘트니 자작은 눈을 찢어질 듯 부릅뜨고 그 광경을 지켜보았다. 몸이 움직이지 않았다. 사람이 아니었다. 그렇다고 몬스터인 리자드맨도 아니었다. 물론 그 변한 형태는 리자드맨에 가장 가까웠지만 그들은 분명 인간의 웃음을 짓고 있었다.

휘트니 자작은 그대로 몸이 굳어져 어떤 행동도 할 수 없었다. 그것은 병사들이나 기사들, 그리고 마법사들 역시 마찬가지였다. 그러는 동안 괴물로 변한 적 병사들은 아군을 학살하고 있었다.

"크아아악!"

한 명의 기사가 자신의 심장을 바라보았다. 기사의 심장은 뻥 뚫려 있었다. 그러한 자신의 가슴을 바라보는 기사는 무언가 말을 하려는 듯 입술을 달싹거렸지만 신음 소리조차 낼 수 없었다.

그 기사의 심장을 들고 있는 자는 거대한 팔을 가진 자였다. 분명 인간의 모습이었다. 하나 기사의 심장을 들고 있는 오른쪽 팔은 비정상적으로 커 마치 팔 하나로 전신을 지탱하는 것처럼 보였다.

"켈! 신선한 심장인가? 난… 이런 신선한 심장이 싫어!"

마치 어린아이가 칭얼거리듯 몇 마디를 하더니 손에 들고 있던 기사의 심장을 꽉 움켜쥐는 괴물이었다.

파악!

터졌다.

주르륵!

핏줄기가 사방으로 터졌고, 꽉 쥔 손아귀의 틈을 타고 검붉고 진득한 피가 흘러내렸다. 괴물은 기괴하게 웃었다. 싫어하는 것을 제거해서 정말 기분이 좋다는 듯이 말이다.

그때.

"죽엇! 이 괴물아!"

스가가각!

괴물은 등 뒤에 느껴지는 고통에 살짝 인상을 찌푸리며 고개를 뒤로 돌렸다. 몸을 돌려 세운 괴물은 세 명의 병사를 볼 수 있었다. 잔뜩 겁에 질려서 긴 창과 방패, 그리고 짧은 글라디우스를 들어 자신을 베고 찌르고 있는 병사들을 말이다.

"켈! 따끔했어!"

무엇이 좋은지 괴물은 웃었다. 그런데 그 웃음은 결코 기분이 좋아서 웃는 것이 아님은 분명했다. 그러한 괴물을 바라보며 병사들은 절망했다. 창으로 찔러도 혹은 검으로 베어도 상처조차 내지 못했다.

마치 벽을 치는 듯한 그런 느낌이 들었다.

"으으……."

"죽엇!"

"으아아악!"

괴물의 거대한 오른손이 움직였다. 움직였다고 느끼는 그 순간 병사들은 그 거대한 손에 휩쓸렸고, 괴물의 손은 세 병사의 목을 움켜쥐고 있었다. 입꼬리를 말아 올리는 괴물이었다.

세 명의 병사는 지금 상황이 어떻게 돌아가는지 알 수 없었다. 그저 무슨 바람이 불었나 싶었다. 그런데 한 명도 아니고 무려 세 명의 목을 한 손으로 움켜쥔 괴물이었다.

"켈켈켈!"

괴물은 웃었다. 웃음과 함께 손아귀에 힘이 들어갔다.

우드드득!

비명도 없었다. 순식간에 세 병사의 목이 부러지면서 마치 피를 쥐어짜는 듯한 기괴한 모습으로 죽어갔다. 그런 현상은 비단 이곳만이 아니라 도처에서 발생하고 있었다.

도저히 인간이라 볼 수 없는 자들. 검으로 베어도 베어지지 않았고, 창을 지르면 오히려 창이 튕겨져 나가며 전열이 와르르 무너지고 있었다.

"마법, 마법을 사용해!"

휘트니 자작이 목이 쉬도록 외쳤다. 이미 기사들과 병사들, 그리고 괴물들은 어지러이 어울리고 있었다. 때문에 휘트니 자작의 명령에 마법사들은 당혹스러운 표정이 될 수밖에 없었다.

"적이 아군과 뒤섞여 있습니다."

"어쩔 수 없소. 모두 죽을 수는 없지 않소!"

"하아~"

휘트니 자작의 명에 난색을 표하던 마법사의 얼굴은 검었게 죽어갔다. 결국 살기 위해서 아군의 머리 위에 마법을 퍼부어야 했다. 괴물들이 한두 명이 아닌 이상 대인 마법이 아닌 광역 마법을 사용해야만 했다.

마법사들이 휘트니 자작의 옆에 있던 마법사를 바라보고

있었다. 어찌 해야 할지 그들도 갈피를 잡지 못한 그런 모습이었다. 그에 명을 받은 마법사는 참담한 얼굴로 고개를 저었다.

"마법을 준비하시오."

"하나……."

"하면, 모두 죽자는 말이오? 희생, 희생이 있어야만 하오."

"……."

말이 희생이지, 저들을 죽여 자신이 사는 것이었다. 그것이 못내 마음에 걸리는 마법사들이었다. 하나, 자신들이 지식을 추구하는 마법사이기는 하나 엄연히 군을 이루는 하나의 조직. 당연히 명에 따라야 했다.

그에 마법사들은 하나 둘 착잡한 표정으로 스펠을 읊기 시작했다. 결코 마음이 좋을 수는 없었다. 그리고 조금의 시간이 지난 후 마법사들의 입에서는 분노의 외침이 터져 나왔다.

"파이어 랜스(Fire Lance : 화염의 창을 여러 개 불러내 공격함. 3서클)."

"윈드 커터(Wind Cuttur : 바람의 칼날을 날려 공격함. 2서클)."

"프로즌 웨이브(Frozen Wave : 얼음의 파도록 공격함. 3서클)."

수없이 많은 마법이 괴물들이 싸우고 있는 곳으로 쏟아져 들기 시작했다. 마법사들이 사용한 마법은 광역 마법이기에 적아를 구분하지 않았다.

"으아아악!"

"이, 이런 미친!"

"같은 편이란 말이다! 같은 편!"

"사… 살려~"

아비규환이 광경이 펼쳐지기 시작했다. 괴물로 변하지 않은 적병들도 죽어나기 시작했고, 그들과 싸우고 있던 아군의 병사들 역시 비명을 지르며 죽어가기 시작했다.

"크르르. 켈켈!"

"꾸워어억!"

프로즌 웨이브에 당한 몇몇 괴물이 순간 전신이 얼어붙은 듯 몸을 멈칫멈칫하더니 멈춰 섰다. 그리고 각종 광역 마법에 직격당한 괴물들 역시 커다란 충격에 노출되어 훌훌 나가떨어졌다.

확실히 마법사들의 위력은 지독히도 강력했다. 수천의 병사와 수백의 기사에게 둘러싸여 있음에도 꿈쩍도 하지 않던 괴물들이 불타오르고, 얼어붙고 종이처럼 훌훌 나가떨어졌기 때문이었다.

"됐어!"

그 모습에 휘트니 자작은 주먹을 불끈 쥐었다. 괴물만 없으면 충분히 승산이 있었다. 괴물에게 많이 당하기는 했지만 그렇다 해도 여전히 전세는 자신들이 유리했기 때문이었다.

"몰아붙여라! 마법사는 계속 마법을 사용하도록 하라! 병력을 물리도록 하라!"

휘트니 자작은 계속 마법을 사용하기로 결심했다. 괴물이 나가떨어지고 여전히 승세를 지키고 있지만 지지부진한 전투를 빠르게 끝낼 목적이었다. 그에 기사들과 병사들은 슬금슬금 뒤로 후퇴하며 살아 있는 적들이 노출되기 시작했다.

콰앙! 쾅! 쾅!

화르르륵! 콰아앙!

불타오르고 천둥소리가 울렸다. 하늘이 무너지고 땅이 무너지는 듯한 소리가 사방으로 울려 퍼졌다. 그 속에 기습을 한 적들의 비명 소리가 휘트니 자작의 귓등을 때렸다.

다시 인간들의 전투가 시작되었다. 휘트니 자작은 첫 마법을 사용한 직후 연속적으로 시전된 마법에 의해 괴물들의 모습이 보이지 않자 적지 않게 안도하며 전장을 향해 포효하기 시작했다.

"돌격하라! 돌격하라!"

마법 공세에 잠시 뒤로 물러나 있던 기사들과 병사들이 다시 창검을 들어 올리며 남은 적들을 쓸어버리기 위해 앞으로 달려 나가기 시작했다. 괴물들이 없는 이상 적들은 자신들의 적수가 되지 못함을 느끼고 있었기 때문이었다.

그때였다.

꿈틀!

튕겨져 나가고 볼썽사납게 구겨져 있던 괴물들이 갑자기 움직이기 시작했다. 그리고 믿을 수 없을 정도로 빠른 속도로 상처가 아물어가기 시작했다.

"쿨럭! 크르르!"

검녹색의 핏덩어리를 한 움큼 쏟아낸 괴물이 눈이 떠졌다. 괴물의 입에서 나직하게 분노에 찬 울음이 흘러나왔다. 괴물은 이내 정신을 차리고 몸을 일으켜 세웠다.

한 명의 괴물뿐만이 아니었다. 마법에 의해 휩쓸려 나가고 구겨졌던 모든 괴물이 몸을 일으켜 세웠다. 그들은 이미 전장에서 멀어져 있었다. 모든 이가 그들이 이미 죽었다 생각하고 있었다.

하나 그들은 죽지 않았다. 이전보다 훨씬 더 강력한 존재가 되어 다시 살아났다. 그렇게 다시 살아난 괴물들은 3미터가 넘어가는 거구의 괴물 뒤로 모여들기 시작했다.

3미터의 거구의 괴물.

마치 오크와 같은 모습이었다.

그의 얼굴은 좌상에서 우하로 길고 긴 검 자국이 선명하게 나 있었고, 턱은 두텁고 강력하게 솟아났으며, 아래에서 위로 솟아오른 두 개의 송곳니.

영락없는 오크의 모습 그대로였다. 가장 선두에 선 괴물은 문득 자신의 손을 내려다보더니 주변을 둘러보았다. 그리고 자신의 옆에 있던 거대한 배틀 엑스를 보더니 입가를 꿈틀거렸다.

"크르르. 좋군!"

그 말과 함께 두 손으로 들기도 벅찬 배틀 엑스를 한 손으로 불쑥 들어 올리는 거대 괴물이었다. 집어 든 배틀 엑스를 가볍게 휘둘러 본 후 거대 괴물으 뒤를 바라보았다.

죽지 않은 3백의 괴물. 이른바 키메라 병사들이었다. 그들은 자신을 바라보고 있었다. 자신보다 큰 괴물도 있었지만 어찌된 것인지 모두들 자신의 명령을 기다리고 있었다.

"크와아아악!"

3미터의 거대 괴물이 오른발을 앞으로 내밀고 하늘을 바라보며 커다란 함성을 터뜨렸다. 그에 그 괴물을 뒤따르는 3백의 괴물 역시 살기와 투기가 뒤섞인 함성을 질러냈다.

"꾸와아왁!"

3백의 괴물이 한꺼번에 내지른 함성은 병장기 소리와 인간들이 내는 함성 속에서도 완연하게 그 존재감을 드러내고 있었다. 순간 전장은 그 3백의 괴물이 내지르는 함성에 고요해졌다.

"돌겨억!"

그 순간. 배틀 엑스를 든 오크가 뛰어오르며 명령을 내렸다.

"돌겨억! 돌겨억!"

괴물로 변하기는 했지만 그들은 분명한 인간의 언어로 함성을 지르고 있었다. 3백의 괴물이 살아서 움직이기 시작했다. 가장 작은 괴물이 2미터를 넘어갔다.

"마, 말도 안 돼!"

말이 안 됐다. 그 무지막지한 마법에도 살아남은 존재들이 말이 안 됐다. 수는 겨우 3백에 불과하지만 기사들의 검도, 마법사들의 마법도 그들의 두텁고 질긴 가죽을 뚫을 수 없었다.

만약 그들이 몬스터라고 하면 오히려 쉬웠다. 몬스터는 생각을 할 수 없으니까. 전투적인 능력이 뛰어남에도 불구하고 몬스터가 인간에게 사냥당하는 이유는 바로 본능에 의해 움직이기 때문이었다.

그런데 이 무지막지한 괴물들은 몬스터의 능력에 지능까지 갖추고 있었다. 말도 안 되는 상황이 되어버린 것이었다. 그에 마법사든 기사들이든 혹은 휘트니 자작이든 모두 두려운 얼굴이 될 수밖에 없었다.

"적은 소수다! 돌격! 돌격하라!"

그래도 지휘관인지라 휘트니 자작이 가장 먼저 정신을 차려 마상에서 검을 꺼내 들고 괴물들이 뛰어든 전장으로 내달리며 명령을 내렸다. 그에 마법사들과 기사들은 두려움을 이겨내는 함성을 지르며 자신들의 앞에 있는 적을 베어내기 시작했다.

아무리 적이 막강하다 하더라도 동수라면 사기가 높거나 혹은 훈련을 충분히 받은 쪽이 유리하다. 연합군은 자신들이 훈련을 결코 약하게 받았다고 생각하지 않았다.

그것은 괴물들이 없었을 때 자신들에게 형편없이 밀리는 귀족군들을 보아 체감하고 있었다. 그러하기에 기사들과 마법사들이 괴물들을 막아낸다면 충분히 승리할 수 있고, 살아남을 수 있을 것이라 생각했다.

그리고 그것을 증명이라도 하듯이 마법사들은 마법을 난사하여 괴물들의 행동을 제약하고 있었다. 그러는 사이에 기사들이 그들의 사방을 둘러싸며 공격을 개시하기 시작했다.

"죽엇! 이 괴물들아!"

"크아아악!"

마법에 직격하고 그 뒤를 이어 기사가 검에 마나를 담아 괴물을 공격해 들어갔다. 실로 절묘하게 연계되는 상황이라 할 수 있었다. 그래서 그런지 병사들의 검과 창에 상처조차 내지 못했던 괴물들의 피부에서 검녹색의 핏물이 튀었다.

그에 기사의 눈동자에는 희열이 떠올랐다. 죽일 수 있다는 생각에 말이다. 하나, 그 희열은 오래가지 못했다. 베어지기가 무섭게 다시 재생되어 버리는 괴물들의 무지막지한 재생력 때문이었다.

"이, 이런……."

콰직!

기사의 머리에 모닝스타가 떨어져 내렸다. 일반 모닝스타보다 두세 배는 커 보였다. 그리고 기사의 머리를 감싸고 있던 풀 플레이트 메일의 헬름이 박살 나며 검붉은 핏물과 허연 뇌수가 사방으로 튀어 올랐다.

"크륵! 마법사부터!"

어떤 괴물이 외쳤다. 그들은 생각할 줄 알았다. 자신들이 마법에 강력하기는 하지만 계속적으로 마법에 노출되면 결국 자신들이 무너진다는 것을 알았다. 그러하기에 기사보다는 마법사를 최우선적으로 제거해야 한다고 말을 한 것이었다.

그에 3백의 괴물이 움직이기 시작했다. 검이나 창은 무시했다. 수없이 쇄도하는 모든 것을 무시한 채 오로지 마법사들이 있는 곳으로 일직선으로 내달리고 있었다.

"마, 막아!"

누군가의 다급한 목소리가 기사들의 귓등을 때렸다. 기사들도 느꼈다. 막아야 한다. 마법사들이 있는 곳으로 가지 못하게 해야 한다. 괴물들도 필사적이었고, 그들을 막는 기사들도 필사적이었다.

그때 오크 형상의 한 괴물이 수중에 들고 있던 배틀 엑스를 앞으로 집어 던졌다. 그 무거운 배틀 엑스라 마치 손도끼라도 되는 양 둔중하고 날카로운 소리를 내며 날아갔다.

퍼허억! 퍼버벅!

한 마법사의 머리를 그대로 강타했다. 비단 그뿐만이 아니었다. 한 마법사를 먹이로 하는 것만으로 부족했던지 아니면 아직도 힘이 남아 있었던지 오크 형상의 괴물이 날린 배틀 엑스는 네 명이 마법사를 더 죽이고 다섯 번째 마법사의 가슴을 꿰뚫은 후에야 겨우 멈춰 섰다.

"우어어어억!"

오크 형상의 괴물이 가슴을 활짝 펴며 커다란 함성을 내질렀다. 그리고 주변에 있던 창과 외날 도끼를 집어 들더니 마치 풍차처럼 회전하기 시작했다.

콰카카카칵!

폭풍처럼 회전하는 오크 형상의 괴물에게 다가가는 모든 기사들의 검이 박살 나기 시작했다. 그 괴물을 향해 쏟아지는 마법의 괴물이 회전하는 원심력 때문인지 튕겨져 나가고 있었다.

터더덩!

"크아아악!"

기사의 허리가 통째로 잘려 나갔고, 튕겨 나간 마법은 오히려 기사들에게 직격하고 있었다. 마법사들은 입을 벌릴 수밖에 없었다.

"어떻게… 어떻게……."

그 말밖에는 할 말이 없었다. 도저히 상식적으로 생각할 수 없는 그런 현상이었다. 어찌 마법이 튕겨져 나간단 말인가? 생전 듣도 보도 못한 그런 광경이었다.

마법사들이 그렇게 공황상태에 빠져 있을 때 휘트니 자작은 알 수 있었다. 지금 마법사들을 향해 마법을 튕기며 작은 회오리 폭풍이 되어 다가오고 있는 이가 괴물들의 수장임을 말이다.

"죽인다!"

휘트니 자작은 결심했다. 그리고 말의 배를 차고 거침없이 앞으로 나가며 외쳤다.

"이노오옴! 죽어! 죽으란 말이닷!"

휘트니 자작의 검에는 새하얀 오러가 시전되어 있었다. 그가 자작이기는 하지만 가문의 검술을 익힌 상태. 당연히 전장에서 자신의 몸 정도는 충분히 지킬 수 있음과 동시에 적에게 두려움을 줄 수 있는 존재였다.

콰라라랑!

휘트니 자작의 마나와 작은 폭풍이 부딪히며 불꽃이 일었다. 분명 오크 형상의 괴물은 오러를 사용하지 않고 있었다. 그러함에도 불구하고 마나가 시전되어 있는 검과 부딪혀 불꽃을 만들어내고 있었다.

하지만 결코 효과가 없는 것은 아니었다. 거칠 것 없이 사방을 휘저으며 쇄도하던 폭풍이 주춤한 것이었다. 잠시 주춤하던 폭풍은 이내 잠잠해지기 시작했다.

그리고 주변의 모든 것을 빨아들이며 그 형체조차 볼 수 없었던 오크 형상의 괴물의 모습이 드러나기 시작했다. 어찌나 거대한지 말 위에 올라 있는 휘트니 자작이 올려다봐야 할 정도였다.

"크르르. 죽여주지! 크와아앗!"

말이 필요 없었다. 오크 형상의 괴물의 오른손과 왼손이 움직이기 시작했다. 어찌나 빨리 교차하며 내지르는지 잠깐 주춤한 사이 휘트니 자작은 공세에서 수세로 몰릴 수밖에 없었다.

카앙! 카라랑! 카카캉!

"크하하하하!"

오크 형상의 괴물은 지금 이 순간이 정말 좋아 죽겠다는 듯이 소리 높여 웃으며 연신 오른손과 왼손을 교차시키고 있었다. 그저 단순 무식하게 위에서 아래로 내려찍는 동작이었다.

하나, 휘트니 자작은 도저히 그 공세에서 벗어날 수 없었다. 지금 그는 정신없이 이 오크 형상의 괴물의 공격을 막아 내는 것이 다였다. 하지만 가면 갈수록 그의 얼굴을 굳어지고 있었다.

그리고 종내에는 얼굴에 땀이 비 오듯이 흘러내리더니 굵은 땀방울이 턱을 타고 흘러내리고 있었다.

'크으윽! 무슨……'

손목이 저릿저릿하고 이제는 어깨가 아파오기 시작했다. 도대체 어찌 된 영문이란 말인가? 마나가 시전되지도 않은 무기에 마나가 시전된 검이 밀리고 있었다.

그리고 그 속에서 뼛속까지 전해져 오는 이 아찔함이란 대체 어떻게 설명해야 한다는 말인가? 무기와 무기가 부딪힐 때마다 마나가 빠져 나가는 것 같았다.

처음에는 그저 충격 때문일 것이라 생각했지만 갈수록 그것이 아니라는 것을 알 수 있었다. 어찌 충격 때문에 마나가 분산될 수 있다는 말인가? 말도 안 되는 소리였다.

"후욱! 허억!"

그리고 마침내 휘트니 자작은 가쁜 숨을 몰아쉬기 시작했다. 그저 막기만 했을 뿐인데 숨이 차오르고 전신의 근육은 마치 물에 빠진 솜처럼 무거워지기 시작했다.

"켈켈켈! 쉬고 싶은가? 그러면 쉬어야지!"

입을 굳게 다물고 일방적으로 공격해 오던 오크 형상의 괴물이 마침내 입을 열었다. 그는 즐거워 보였다. 진정으로 지금의 모든 상황이 즐겁다는 듯이 말을 했다.

그것은 단순히 느낌이 아니었다. 그가 기뻐하고 있다는 얼굴과 생각이 느껴짐과 동시에 어느 순간 휘트니 자작은 무언가 자신의 품속에서 쑥 빠져 나가는 것 같은 느낌이 들었다.

순간 가슴 한쪽 구석이 시원했다. 온몸의 힘이 탁 풀려 나갔다. 저절로 고개가 푹 꺾였다. 그리고 그의 시선에 들어오는 광경. 자신의 가슴이 뻥 뚫려 있었다.

그의 눈동자가 커졌다.

'어떻게⋯⋯?'

휘트니 자작은 마지막 남은 전신의 힘을 모아 고개를 들었다.

우적우적.

오크 형상의 괴물이 무언가 씹어 먹고 있었다. 휘트니 자작의 입가와 눈에 잔 경련이 일어나고 있었다.

"신선하군!"

그것이 휘트니 자작이 이 세상에서 마지막으로 들은 목소리였을 것이다. 휘트니 자작의 신형이 말 위에서 스르르 떨어져 내렸다. 그 모습을 여유롭게 지켜보던 오크 형상의 괴물이 입 주변에 피칠갑이 된 입을 벌렸다.

"크와아앙!"

광폭한 울림이 전장을 지배했다. 순간 전장의 모든 이목이 그 울림의 진원지로 향했다. 그리고 그들의 고막을 찢는 듯한 소리가 들려왔다.

"적장의 목이 여기 있다! 돌겨억! 돌격하라!"

어느새 오크 형상의 괴물의 손에는 놀란 듯 창백한 얼굴을 한 휘트니 자작의 목이 들려져 있었다. 그러한 행위는 귀족군에게는 사기를 연합군에게는 공포를 선사했다.

그리고 서로 비등하던 전세는 한순간에 돌변하기 시작했다. 3백의 괴물 키메라 병사들에도 불구하고 선전을 하던 연합군이 밀리기 시작한 것이었다.

그리고 한 번 밀리기 시작한 전세는 두 번 다시 회복하기 힘들었다. 순식간에 무너져 내렸다. 그 모습을 무심하게 지켜보는 오크 형상의 괴물이었다. 그리고 들어 올렸던 휘트니 자작을 목을 휙 집어 던져 버렸다.

그때 누군가 그의 곁으로 다가와 있었다.

"각성을 한 것인가?"

창백한 얼굴. 붉은 눈동자. 말하는 도중 언뜻언뜻 보이는 날카로운 송곳니. 오크 형상을 한 괴물의 시선이 그자에게로 향했다. 두 명의 시선이 마주쳤다.

그에 그 둘의 사이에 묘한 긴장감이 서리기 시작했다. 오크 형상을 한 자. 그자가 날카로운 아래 송곳니를 드러내며 웃었다. 그에 반해 뱀파이어의 몸은 미약하지만 잘게 떨고 있었다.

기묘한 대치. 하지만 그 기묘한 대치는 오래가지 않았다. 신장의 차이에 의해 오크 형상의 괴물을 올려다보던 뱀파이어가 눈을 내리 깐 것이었다. 그에 오크 형상의 괴물이 나직하게 웃었다.

"크르르. 나에게 주입한 것이 오우거와 오크의 혈청이던가?"

눈을 내리깐 뱀파이어는 이미 안중에 없다는 듯이 전장을 바라보며 나직하게 묻는 오크 형상이 괴물이었다. 그에 잠시 말을 하지 않던 뱀파이어가 입을 열었다.

그것은 인정이었다. 당신이 나보다 강하다는 것을 인정하는 것이었다. 기실 뱀파이어는 상당히 당황하고 있었다. 이런 경우는 한 번도 경험해 보지 못했기 때문이었다.

경험은 물론 들어보지도 못했다. 평범한 실험체가 각성을 해 모든 몬스터의 최상위에 자리하고 있는 뱀파이어를 뛰어넘는다는 것을 말이다. 그것도 자신들이 만들어낸 실험체에 제압당하는 지금의 상황 자체가 있을 수 없는 일이었다.

하지만 그것은 분명한 사실이었다. 자신은 제압당한 것이었다. 치열한 전투를 통해 서열을 박탈당한 것이 아닌 단순히 서로에게 내뿜는 기세와 투기에 의해 제압당한 것이었다.

하지만 이제는 정리해야만 했다. 실제 뱀파이어는 자신의 앞에 서 있는 거구의 엘더 오크에 대해 어렴풋이 알고 있기 때문이었다. 인간일 적 그의 지위를 생각한다면 이렇게 굽히는 것도 무리는 아니었다.

"아니. 그럴 필요 없… 습니다."

뱀파이어의 대답에 전장을 둘러보던 엘더 오크가 시선을 돌려 뱀파이어의 눈을 들여다보았다. 엘더 오크의 시선을 받은 뱀파이어는 전신을 잘게 떨었다.

"엘더라 함은 내가 조상이라는 말인가?"

"그럴… 아니, 실험체에서 각성한 것은 처음이니 엘더라는 말이 어울릴 것입니다."

"그렇다는 것은 내가 특이한 존재라는 것이로군. 2세대 뱀파이어마저도 그저 기세와 투기만으로 제압할 수 있는 그런 존재 말이지."

지금 엘더 오크의 옆에 있는 자는 2세대 뱀파이어로 인간에서 뱀파이어로 전향한 자였다. 과거 코린 왕국의 인간으로서 귀족이었던 자. 하나, 지금은 오로지 2세대 뱀파이어로서만 존재하고 있었다.

뱀파이어에게 있어 귀족이란 별 의미 없는 것. 신분을 결정하는 것은 단지 피의 전승에 의한 혈족의 범위가 있을 뿐이었다. 하지만 분명한 것은 뱀파이어가 되었음에도 과거 인간일 적 신분의 고하에서 결코 자유롭지 못하다는 것이었다.

전면적으로 인간일 적의 것을 부정하고 있지만 결국 그들은 뱀파이어로서 인간의 것을 그대로 채용하고 있는 것이었다. 그리고 지금 상황 역시 같은 혈족인 뱀파이어는 아닐지라도 과거 인간일 적 신분에 의한 명백한 서열의 정리가 있었다.

"그렇습니다. 제레미 더글라스 후작 각하."

뱀파이어가 잊고 있었던 자신의 과거의 이름을 떠올리게 했다. 제레미 더글라스라는 인간일 적 자신의 이름과 성을 말이다. 그에 엘더 오크는 날카롭게 으르렁거렸다.

"크륵, 제레미 더글라스라……. 참으로 오랜만에 들어보는 것이로군. 하면, 나는 이제 제레미 더글라스 후작이 되는 것인가?"

"가능성이 높습니다. 물론, 최소 1세대 뱀파이어들의 승인을 받아야 할 것이지만 말입니다. 지금 제가 겪은 바로 각하께서는 충분히 과거의 영광을 이을 수 있을 것이라 판단됩니다."

제레미 더글라스는 이름을 가진 엘더 오크. 그는 뱀파이어의 말에 간단히 고개를 주억일 뿐이었다.

"자네 이름을 아직 모르고 있군."

"닉 스톡스 자작입니다."

"아! 동남부의 신흥 강자라 들었던 적이 있네. 그때 연회에서 한 번 보았던가?"

"7년 전입니다."

더글라스 후작이 자신을 기억하자 냉큼 자신이 과거 더글라스 후작을 보았던 곳을 대는 스톡스 자작이었다. 그때 당시 더글라스 후작은 자신의 우상이었으니까 말이다.

"좋군."

스톡스 자작의 말에 가볍게 고개를 끄덕이며 팔짱을 끼는 더글라스 후작이었다. 더글라스 후작은 지금 자신의 몸 상태를 살펴보고 있었다. 자신은 뱀파이어의 흑마법에 의해 탄생했음에도 불구하고 그들 앞에서 자유로웠다.

1세대 뱀파이어 혹은 진혈의 뱀파이어가 어떠할지 모르지만 1세대 뱀파이어는 확실히 자신보다 동수 혹은 한 수 아래라는 것을 본능적으로 깨달을 수 있었다.

그들이 자신을 키메라로 만들어 머리를 조아리도록 만들었으나 그 모든 것을 뒤엎고 오히려 그들의 머리 위에 존재할 수 있다는 것을 느낀 더글라스 후작이었다.

본능적으로 모든 전후 사정을 파악한 더글라스 후작이었다. 그가 그럴 수 있던 원인은 바로 뱀파이어들 만의 전유물이라 일컬어지는 피의 전승이 바로 더글라스 후작에게도 전해져 있었기 때문이었다.

원래대로라면 더글라스 후작은 1세대 뱀파이어가 되고도 남을 충분한 인물이었다. 아니, 어쩌면 진혈의 뱀파이어가 되었을 수도 있었다. 당대의 뱀파이어 마스터의 부장인 수요르크 안드레아로부터 전향을 권유 받았으니 말이다.

하나, 그는 뼛속부터 귀족이었으며 오로지 인간으로서만 존재할 수 있다는 생각을 가진 자로서 주관이 확실한 그런 귀족이었다. 그러한 관계로 오히려 수요르크 안드레아의 권유를 차가운 독설과 함께 무시해 버렸다.

물론 들리는 말로는 무시 정도가 아니었다. 그것은 어쩌면 치욕이라고 할 수 있었다. 스스로 인간의 상위에 존재하며 영속의 존재라 일컫는 뱀파이어가 감히 인간으로부터 멸시와 함께 침 세례를 받았으니 말이다.

당시 안토니오스 파블로프는 어쩌면 자신의 대외적인 대변인이라 할 수 있는 수요르크 안드레아의 말을 듣고 크게 분노했다. 그를 무시하고 멸시하는 것은 곧 자신을 무시하고 멸시하는 것과 다르지 않으니 말이다.

그래서 안토니오스 파블로프는 철저하게 더글라스 후작 가문을 무너뜨리기 시작했다. 그로부터 10년. 더글라스 후작은 풍비박산이 났고, 당대의 가주였던 더글라스 후작은 행방불명이 되었다.

그리고 그러한 더글라스 후작이 다시 이 자리에 존재한 것이다. 그것도 뱀파이어로서가 아니라 오크와 오우거의 혈청과 함께 뱀파이어의 온갖 실험을 위한 존재였던 최하등의 키메라로서 말이다.

그러한 그가 다시 태어났다. 바로 엘도 오크로서 말이다. 본래 인간의 모습은 잃었으나, 그는 더 큰 것을 얻었다. 그것은 바로 3미터에 이르는 거대한 체구와 오크의 얼굴.

그리고 직감적으로 느껴지는 진혈의 뱀파이어와 서열을 다툴 수 있을 정도의 대단한 전투력까지 말이다. 그러하기에 더글라스 후작은 나직하게 으르렁거렸다.

"뱀파이어는… 아직도 세력이 갈라져 있던가?"

"……그렇습니다."

"듣고 싶군."

"……그러하기에는 장소가 마땅치 않다 사료됩니다."

스톡스 자작의 말에 전장을 한 번 훑어보던 더글라스 후작이 고개를 끄덕였다. 전투는 이미 끝이 나 있었다. 기습에 투입된 2천의 병력 중 살아남은 자는 겨우 5백.

그중 2백은 키메라 병사였다. 이 정도면 거의 양패 구상이라 할 수 있었다. 한 명당 병사 열 명의 몫을 하는 키메라 병사가 있음에도 불구하고 거의 전멸에 가까운 타격을 입은 것은 그만큼 연합군의 병사가 정예라는 것을 의미했다.

물론, 귀족군이 이만큼 살아남았으면 연합군은 전멸이라

할 수 있었다. 아니, 전멸이었다. 단 한 명도 살아남은 자가 없었다. 그렇게 전장을 둘러보던 더글라스 후작의 미간이 살풋 찌푸려졌다.

그의 시선이 머무는 곳은 살아남은 2백의 키메라 병사가 있는 곳이었다. 그들은 죽은 병사들의 시체를 먹고 있었다. 그에 알 수 없는 분노가 치밀어 오르는 더글라스 후작이었다.

"크아아앙!"

그가 울부짖었다. 그에 죽은 시체를 뜯어 먹고 있던 키메라들이 움찔하더니 더글라스 후작이 있는 곳을 바라보며 잔뜩 웅크렸다. 그의 울부짖음에는 광폭한 살기가 깔려 있는 탓이었다.

"인간의 시체를 먹으면 죽인다!"

나직하게 으르렁거리는 더글라스 후작. 키메라 병사들은 움찔거리면서 슬금슬금 인간의 시체에서 멀어져 갔다. 그리고 그들이 찾은 것은 죽은 전마들이었다.

그에 더글라스 후작의 시선이 그들을 외면하자 키메라 병사들은 옳다구나 하는 생각으로 게걸스럽게 죽은 전마의 시체를 생으로 뜯어먹기 시작했다. 그러한 모습을 보던 스톡스 자작은 조심스럽게 입을 열었다.

"세력을 형성하실 생각이십니까?"

"세력? 세력이란 말이지……."

스톡스 자작의 말에 곰곰이 생각에 잠겨드는 더글라스 후작이었다. 그러다 문득 죽은 전마를 붙잡고 게걸스럽게 뜯어먹고 있는 키메라 병사들을 바라보았다. 그의 눈에는 순간이지만 지독한 아픔이 스쳐 지나갔다.

"벗어난다."

"……무슨?"

"본작은 뱀파이어가 싫다."

"하나……."

순간 스톡스 자작이 반박하려 했다. 하지만 이미 뱀파이어들은 엘더 오크가 탄생했음을 알 것이다. 자신이 전하지 않더라 하더라도 혈족들 사이에 벌어지는 모든 것을 지켜보고 있음은 분명했다.

또한, 엘더 오크가 탄생한 것을 자신만이 본 것은 아니었다. 이곳 전투에 투입된 뱀파이어 모두가 알고 있었다. 결국 더글라스 후작에 대한 모든 것은 이미 공개된 것이나 다름없다는 것이다.

그러한 상황에서 뱀파이어를 배신한다는 것은 곧 죽음을 의미하는 것과 다르지 않았다. 인간일 적 더글라스 후작이라면 아무런 대책 없이 이런 무모한 일을 벌이지는 않았을 것이다.

그에 반대를 하고자 했던 것이다. 물론, 스톡스 자작 역시 자신이 뱀파이어가 되었음에도 불구하고 뱀파이어라는 존재에 대해서 썩 탐탁하게 생각하는 것은 아니었다.

아직까지는 인간일 적에 대한 생각과 사고가 남아 있는 탓이라 할 것이다. 하나, 지금 당장 더글라스 후작이 뱀파이어를 등진다는 것은 섶을 지고 불 속으로 뛰어드는 것과 같았다.

"안다. 하나, 본작은 뱀파이어가 죽도록 싫다. 단지 그들의 권유를 거절했다는 이유 하나만으로 가문을 잃어야 했고, 본작이 아내와 아들 그리고 딸, 혹은 혈족들이 산채로 해부되는 것을 두 눈을 똑바로 뜨고 지켜보아야만 했던 본작이다."

더글라스 후작은 기억해 내고 있었다. 자신이 실험체가 되었던 상황과 자신과 함께 실험실에 같이 있던 자신의 혈족이 실험체로서 산 채로 해부당하고 트롤의 심장과 오우거의 피, 그리고 바질리스크의 피부를 이식시키는 모습을 말이다.

비명 소리가 몇 날 며칠, 혹은 몇 년 동안 지속되었다. 지독히도 비릿한 혈향이 후각을 마비시켰다. 처음엔 자신의 아버지와 어머니를. 다음은 자신의 형제들을. 그다음은 자신의 자식들을, 그다음은 자신의 부인을.

모두가 바로 자신이 눈앞에서 죽어갔다. 애원하기도 하고 분노해 보기도 했지만 뱀파이어들은 그저 히죽거리며 웃을 뿐이었다.

그들의 눈 속에는 마치 꿈틀거리는 벌레를 가지고 실험하는 듯한 모습이 담겨져 있었다. 그리고 마침내 자신이 실험대에 올랐다. 그때 더글라스 후작은 이미 정신을 놓고 있었다.

자신의 가족들이 모두 실험체로서 죽어갈 때 단 한 명도 빠짐없이 지켜보던 그였지만 결국은 정신이 붕괴되고 말았던 것이었다. 그 자신도 그들과 다르지 않은 실험체에 지나지 않았으니 말이다.

육체적인 고통은 얼마든지 견딜 수 있었다. 피가 바꿔지고 심장이 바꿔지고 피부를 벗겨내고 다른 피부를 이식하고 내가 아닌 다른 존재가 되어갈 때도 견딜 수 있었다.

하나 오로지 자신만이 살아남았을 때는 더 이상 온전한 정신을 유지할 수 없었다. 그리고 더글라스 후작이 정신이 붕괴되기 전 마지막으로 들었던 뱀파이어의 말이 불현듯 떠올랐다.

'아쉽군. 하등한 인간이지만 가지고 노는 재미가 쏠쏠했는데 말이지.'

'켈켈. 인간은 많으니 걱정할 것 없네. 그리고 이놈의 가문 덕에 키메라 병사를 만드는 실험이 완성되게 되었으니 그나마 다행이라 할 수 있지 않은가?'

'켈켈. 그런가? 그렇군. 그래.'

두 뱀파이어는 정신이 서서히 붕괴되어 가는 더글라스 후작을 바라보며 아주 기쁜 듯이 웃었다. 한편으로는 아주 섭섭하다는 듯한 그들의 표정. 그들에게 있어 인간이란 그저 장난감에 불과했을 뿐이었다.

"적의 적은 친구라 했다. 현재 뱀파이어들이 노리는 가장 큰 적은 바로 패트리아스 백작이라 할 수 있지."

"하지만……."

"더 들도록!"

더들라스 후작은 강력하게 자신의 주장을 읊어갔다. 반대하는 혹은 뱀파이어에 대하여 어떤 두려움을 가지고 있는 스톡스 자작의 말을 단호하게 잘라가면서 말이다.

"본작은 다시는 인간으로 돌아갈 수 없다. 물론, 돌아가고 싶지는 않다. 본작의 전신을 휘감고 도는 이 정체불명의 힘 때문이기도 하지. 하나, 그렇다고 본작이 가문을 멸문시킨 이들과 함께하고 싶은 생각은 절대 없다."

"이해합니다. 하지만 분명한 것은 아무리 패트리아스 백작이 강하다 하더라도 뱀파이어에게는 어쩔 수 없습니다. 이미 코린 왕국은 인간의 왕국이 아닌 뱀파이어들이 왕국이기 때문입니다."

그러했다. 이미 코린 왕국은 뱀파이어들의 왕국이 되어버렸다. 아직 인간 귀족들이 많이 있다고는 하지만 거의 절반에 가까운 귀족들이 뱀파이어가 되어버린 상황.

평민들까지 뱀파이어로 만들 필요는 없었다. 자신들을 먹여 살리는 먹잇감까지 모두 뱀파이어로 만드는 우를 범할 만큼 무식한 이들이 아니기 때문이었다.

인간보다 수가 작으나 인간과 비교하여 수십 배의 월등한 능력과 불사의 존재인 뱀파이어가 무려 코린 왕국 귀족의 절반이었다. 거기에 코린 왕국이 모든 의사결정권을 가진 국왕마저도 뱀파이어였다.

지금 패트리아스 백작은 홀로 코린 왕국과 싸우고 있는 것이었다. 때문에 스톡스 자작은 이번 전쟁은 결코 패트리아스 백작이 승리할 수 없다고 생각했다.

몇몇 귀족과 연합하여 용케 병력을 모으고 몇 번의 승리를 거두었지만 몇몇 귀족의 연합체로 코린 왕국의 절반과 싸울 수는 없었다. 게다가 뱀파이어들은 라이칸 슬로프와 키메라 병사들까지 있었다.

스톡스 자작의 생각은 분명했다. 불가능하다는 것이다. 하나, 더글라스 후작은 생각이 달랐다. 애초에 처음부터 지금의 전쟁은 불가능하다 했다. 또한, 패트리아스 백작이 뱀파이어들의 손아귀에서 살아남는 것 자체가 불가능했다.

그런데 아주 지독히도 끈질기게 살아남고 있었다. 오로지 혼자 살아남았으나 지금에 와서는 동북부 귀족들의 수장이 되었고, 그에 대한 소문으로 떠도는 많은 무용담이 전해져 오고 있었다.

"애초에 그는 불가능한 상황에서 지금에 와서는 작지만 세력을 형성하였고, 아직도 살아남아 있다."

"이것이 한계입니다. 불가능합니다."

"이번 첫 번째 진군이 그에게 막힌다면 어찌할 텐가?"

더글라스 후작이 지긋하게 스톡스 자작의 눈동자를 바라보았다.

'이번에도?'

순간 스톡스 자작의 뇌리에 떠오른 생각이었다. 이번에도라 함은 대체 무엇을 의미하는 것일까? 그동안 패트리아스 백작은 많은 생명의 위협을 받아오고 있었다.

개인적으로 혹은 전체적으로 말이다. 하지만 패트리아스 백작은 매번 살아남았다. 그것도 수많은 낭설 같은 소문을 양산해 내면서 말이다. 뱀파이어들은 그러한 사실들을 말도 안된다 하며 일고의 가치도 없다 하였다.

하지만 결과는 어떠한가? 어쨌든 그는 살아 있었다. 말도 안 되는 낭설이고 있을 수 없는 소문이지만 그는 갈수록 소문을 불려가며 살아남고 이제는 코린 왕국을 장악한 뱀파이어들의 대부분이 그를 반드시 죽여야 할 존재로 여기고 있었다.

"그것은……."

스톡스 자작은 무엇인가 말을 하려 했다. 하나, 이내 더글라스 후작의 말에 말문을 닫아야만 했다.

"전장을 정리한다."

"복귀… 하시는 것입니까?"

"복귀? 훗! 친구에게 가야지."

스톡스 자작의 말에 가볍게 코웃음 친 더글라스 후작이었다. 친구라는 말에 스톡스 자작은 전신을 잘게 떨었다. 더글라스 후작은 적의 적은 친구라 했다. 그렇다는 것은 결국 패트리아스 백작에게로 간다는 말일 것이다.

"자네는 어찌 할 텐가?"

그때 더글라스 후작의 음성이 스톡스 자작의 귓등을 때렸다.

'어찌하다니? 뭘?'

잠깐 어리둥절한 스톡스 자작이었다.

"아! 저는……."

"지금 당장 어디를 선택해도 좋네. 이번 한 번만은 본작을 선택하지 않는다 해도 어떤 해도 가하지 않을 것이니."

"……저는 모든 것을 알고 있습니다."

"그렇다 해도 본작이 정신을 차린 이후 가장 많은 정보와 가장 많은 대화를 한 자는 바로 자네지. 그리고 그 대화 속에서 나는 비록 모습은 이렇게 변했을지라도 그 본질은 결코 변하지 않음을 알았네. 본작은 인간이야."

"……."

엘더 오크였다. 3미터의 거대한 덩치와 아래턱에서 위로 삐죽 솟아난 두 개의 송곳니와 인간의 근육이라 볼 수 없는 그런 모습은 도저히 인간이라 볼 수 없었다.

하나, 그는 스스로 인간임을 자청하고 있었다. 모습은 다를지 모르나 인간으로서의 마음과 정신을 가지고 있음에 자신은 인간이라 외치고 있었다. 누가 그를 인간이라 부를 것인가?

"그러하기에 자네에게 기회를 주고 있음이네. 겉모습은 뱀파이어가 되고 오크가 되었지만 최후의 순간까지 인간으로서 살 수 있는 기회를 말이네."

더글라스 후작은 결코 강요하지 않았지만 그의 말은 스톡스 자작에게는 거부할 수 없는 강력함으로 다가가고 있었다. 인간으로서, 겉은 다르나 진실로 인간으로서 살 수 있음을 말이다.

"……많이 변하셨습니다."

문득 스톡스 자작은 더글라스 후작이 변했다는 것을 느꼈다. 과거 그에 대한 평가와 혹은 연회에서 보았던 더글라스 후작은 귀족의 표상과 같은 자였다. 한마디로 군림하는 자였다는 것이다.

한데, 지금은 아니었다. 그는 몸부림치고 있었다. 마지막까지 인간이고 싶어 하는 그런 몸부림이었다. 스톡스 자작의 말을 들은 더글라스 후작의 얼굴에는 씁쓸한 미소가 떠올랐다.

"잃으니 또 다른 것이 보이고 느껴지더군."

그는 많은 것을 느끼고 있었다. 인간으로서 혹은 키메라로서 말이다. 그러한 더글라스 후작의 얼굴을 바라보던 스톡스 자작이 살짝 미소를 떠올리며 입을 열었다.

"따르겠습니다."

"그래? 그럼 가지."

"명을 따릅니다."

그들은 전장을 정리하고 전장을 이탈하고 있었다. 지금의 전투가 어떻게 되든 상관없다는 듯이 말이다. 솔직히 지금의 전투는 인간과 인간의 전투. 자신들이 끼어들 공간이 없음을 안 더글라스 후작의 선택이었다.

Chapter 08

제논은 무언가 자신을 향해 다가오는 것을 느끼고 있었다. 분명 그것은 인간이 내뿜을 수 있는 그런 종류의 것이 아니었다. 만약 인간이었다면 아마도 독특한 경지에 이른 마스터 이상의 존재일 수도 있었다.

"나를 부르는 것인가?"

문득 어느 한 방향을 바라보며 입을 열었다. 그에 그의 곁을 지키고 있는 클라렌스가 의문이 담긴 눈으로 제논을 바라보았다. 그녀는 느끼지 못하고 있었다.

"무슨 말인가요?"

"느끼지 못한 것인가?"

"느낌이라면……."

클라렌스의 말에 제논은 고개를 주억거렸다. 그녀는 느끼지 못하고 있었다. 그렇다면 자신을 부르는 것이 맞을 것이다. 오로지 자신에게 향하는 어떤 의념이었다.

"누군가 나를 부르고 있어."

그 말에 클라렌스의 얼굴이 살풋 굳어졌다. 의념을 하나로 뭉쳐 어디에 있을지도 모를 상대에게 보낸다는 것은 상당한 실력자라는 것을 의미하기 때문이었다.

만일 그런 상대가 적이라면 솔직히 클라렌스 자신조차도 쉽게 상대할 수 없을 것이기 때문이었다.

"갈… 건가요?"

걱정스럽게 묻는 클라렌스를 바라보며 제논은 고개를 작게 끄덕였다. 그리고 그녀를 안심이라도 시키려는 듯 엷은 미소를 지어 보였다. 하나 그녀의 얼굴은 쉽게 펴지지 않았다.

"나를 부르는 느낌이 별 큰 문제는 없을 듯하니 괜찮을 것이야."

제논의 말에 그제야 약간 얼굴이 풀어지는 클라렌스였다.

"그래도 조심해야 해요."

"아따! 형수님도. 어디 성님이 인간 같기는 해서 그런 걱정을 하우."

스웬슨이 땅콩 한 주먹을 입 안으로 던져 넣으면서 하는 말이었다. 둘의 대화에 어떤 관심조차 기울이지 않을 것 같던 스웬슨이었다. 그런데 갑작스런 상황에서 갑작스럽게 말을 하는 그였다.

그 말은 조심스럽고 걱정스럽던 분위기를 단박에 바꿔놓고 있었다. 애써 밝은 표정이 아닌, 당연히 아무런 문제도 없다는 스웬슨의 강력한 믿음에서부터 흘러나오는 대답이었기 때문일 것이다.

믿음이나 공포는 쉽게 전염되고 쉽게 퍼진다. 물론, 제논이나 클라렌스는 보통 인간의 범주를 벗어난 존재였으나 그것은 엄연히 그들이 가진 무력적인 면이라 할 수 있을 것이다.

무력적인 면을 빼고는 그들의 인생살이가 참으로 고달프고 거칠게 느껴지는 존재들이었다. 아무리 냉철하고 아무리 인간의 범주를 벗어난 무력을 지녔다 해도 그들은 어울려 삶을 이어가는 인간일 뿐이었다.

스웬슨의 말에 제논과 클라렌스 모두 고개를 끄덕였다. 무엇을 느낀 것이 아니라 그저 당연하다는 듯이 받아들여지는 스웬슨의 말이었다. 그리고 제논은 자신을 부르는 곳으로 가기 전에 마지막 명령을 내렸다.

"스웬슨은 현재 전선을 고착화시키도록 하고, 클라렌스는 영주 성에서 각 방면으로 보급에 조금 더 신경을 써야 할 것 같군."

"고착화면 버티라는 것이오?"

"그렇지."

버티라는 말에 스웬슨이 뭔가 조금은 답답하다는 표정이
되었다. 하지만 제논이 왜 그런 명령을 내렸는지 충분히 아는
스웬슨이었다. 병력이 모자랐다. 그러하기에 클라렌스를 영
주 성으로 보내는 것일 게다.

그녀가 영주 성으로 가는 것은 모병도 모병이지만 아마도
후방을 견고히 하기 위한 것일 것이다. 그 후방이란 바로 이
번 영지전을 하기 전 동북부 귀족 연합을 탈퇴한 귀족들을 일
컬음이었다.

그들이 동북부 귀족 연합을 탈퇴했다는 것은 헤밀턴 공작
이 이끄는 귀족파에게로 흡수될 가능성이 농후하다는 것을
의미했으며, 그들의 귀족파가 된다는 것은 뱀파이어로 전향
할 가능성이 높다는 것을 의미하기 때문이었다.

그들이 만약 뱀파이어로 전향한다면 그들이 가만히 영지
전의 상황을 지켜보지는 않을 것이기 때문이었다. 그들을 염
려하지 않고 있다가 갑자기 뒤통수를 맞는다면 동북부 귀족
연합은 그야말로 풍비박산이라 해도 과언이 아닐 것이다.

"지키는 것이라면야 뭐… 젠슨까지 있을 필요는 없는
데……."

스웬슨은 볼을 손가락으로 긁으며 말을 하고 있었다. 스웬슨의 옆에는 젠슨이 조금은 딱딱한 표정으로 있었다. 이번 전투로 3백에 이르던 라이칸 기사들이 겨우 절반만이 살아남았다.

많은 수의 적을 죽이고 많은 수의 언데드를 죽였지만 여전히 지금의 상황이 마음에 들지 않은 젠슨이었다. 아끼는 동료가 죽었음에 더욱더 그러했다. 기실 여기에 투입된 3백은 안토노프를 지지하는 세력의 전부라 할 수 있었기 때문이었다.

그에 제논의 시선이 젠슨에게로 향했다. 젠슨 역시 제논을 바라보았다. 스웬슨의 말이 틀리지 않았다.

"후퇴한 귀족들을 추적하도록."

"추살입니까?"

"아니, 그들에게 두려움을 줘야 할 것이네."

"두려움이라……."

제논의 명령에 대해 깊은 생각에 잠기는 젠슨이었다. 추살하는 것은 문제가 안 된다. 후퇴하는 놈들을 제거하는 것은 손바닥을 뒤집는 것보다 쉬웠다. 자신들은 정면 대결보다는 기습에 더 능하니까.

하지만 추살이 아닌 적에게 두려움을 심어주라는 말에 과연 그 의미가 무엇을 뜻하는지 생각할 수밖에 없었다. 명령을 정확하게 이해해야만 최대의 효과를 얻어낼 수 있었기 때문이었다.

"소문을 내려는 것이로군요."

"아!"

클라렌스의 말에 젠슨은 깨달았다. 적을 공포에 젖게 하는 것이었다. 그 연유는 바로 병력의 수급에 있었다. 전투는 귀족들이 하는 것이 아니라 귀족들의 영지에서 징집한 병사들로 하는 것이었다.

그런데 그 병사들이 공포에 질려서 제대로 징집에 응하지 않는다면 어떠할까? 그리고 그 파급 효과가 단지 그들이 징집하는 병력에만 작용할까? 아니었다.

그 파급 효과는 기존에 징집된 병력에게도 적용된다. 소문이란 것은 입을 다물게 한다고 해서 지역을 봉쇄한다고 해서 번지지 않는 것이 아니기 때문이었다.

징집 역시 강제된 것이겠으나 죽음에 대한 공포에 젖어 징집된 병사들이 과연 제대로 된 전투력을 가질 수 있을까? 아마도 없을 것이다. 제논은 바로 그것을 노리는 것이었다.

이제 모든 것이 명확해졌다. 한 방면을 완벽하게 틀어막았다. 아마도 아이작스 백작이 출군한 지역인 켄트주 역시 무난하게 막을 수 있을 것이다. 문제는 바로 드라기 백작이 이끄는 연합군 쪽이었다.

아무리 드라기 백작이 대단하다 하나 자신의 병력이 아닌 여러 귀족이 모인 연합군이었다. 물론 그것은 상대 역시 마찬가지이겠으나 만일 그 속에 지금 이곳과 같이 뱀파이어나 혹은 키메라 병사들이 존재한다면 패배는 기정사실일 것이다.

"시간이 촉박하군요."

클라렌스가 입을 열었다. 그랬다. 시간이 촉박했다. 영지 성과 가장 가까운 곳이 바로 드라기 백작이 출군한 요툰하임 지역이었다. 그곳이 뚫린다면 결코 쉽지 않은 전투가 될 것이기 때문이었다.

"소장 먼저 출발하도록 하겠습니다."

가장 먼저 자리에서 일어난 것은 젠슨이었다. 그는 적을 추적해야만 했다. 자신들 역시 상당한 전력을 지녔지만 제논이나 클라렌스 혹은 스웬슨에 비하면 크게 모자란다는 것을 알기 때문이었다.

젠슨이 살아남은 1백 5십의 라이칸 기사를 이끌고 진채를 벗어났다. 클라렌스 역시 젠슨이 떠나는 것을 보고 바로 텔레포트로 영주 성으로 향했다. 남은 것은 제논과 스웬슨.

"이곳을 잘 부탁한다."

"걱정 마시오. 와르셀 남작이 있지 않소."

스웬슨은 걱정 말라 했다. 사실 제논이 걱정하는 것은 스웬슨 아닌 전투 중 병력을 이끌고 합류한 귀족군들의 귀족들이었다. 그들의 병력이 무려 7천이 넘어가고 있었다.

자칫 잘못하여 귀족군들이 딴마음이라도 품을라 치면 어쩔 수 없이 그들 모두를 제거해야만 했다. 물론, 그 와중에서도 스웬슨은 충분히 살아남을 수 있었다. 대지의 정령이라는 존재는 충분히 그럴 수 있기 때문이다.

하나 살아남은 영지군은 모두 죽어야만 한다는 결론이 나온다. 어쩔 수 없는 전투라 할지라도 최대한 많은 병력을 살리고 싶은 제논이었다.

"믿겠다. 그럼."

그 말을 한 후 제논의 신형이 하늘로 떠올랐다. 마치 밑에서 무엇인가가 그를 떠받치는 것처럼 말이다. 그리고 걷기 시작했다. 지상에서는 모를까, 모든 것을 눈 아래로 둔 허공에서는 그의 걸음을 막을 것이 무엇도 존재하지 않았다.

한 걸음에 무려 20미터를 쭉쭉 앞으로 나아가는 제논이었다. 그 빠름 속에 느껴지는 공기의 압력이 기분 좋게 전신을 강타했다. 제논은 자신을 부르는 곳을 향해 방향을 잡으며 걸어가기 시작했다.

그렇게 몇십 분, 혹은 몇 시간을 걸었을까? 갑자기 제논의 걸음이 우뚝 멈춰 섰다. 그리고 서서히 하강하기 시작했다. 그가 내려서는 곳 앞으로 거대한 체구의 몬스터가 서 있었다.

"오크?"

"지금은……."

제논의 혼잣말에 나직하게 답을 하는 오크였다.

"나를 불렀나?"

"그랬지."

"오크 치고는 인간이 말이 상당하군. 아니, 전혀 오크처럼 느껴지지 않는군."

"크르르, 그런가? 그럴 수밖에 없을 것이다."

오크의 말에 제논은 직감적으로 무언가 있다는 것을 느꼈다. 형상은 거대한 오크 형상이었으나, 그의 감각에 느껴지는 것은 마치 품위를 가진 귀족을 대하는 듯한, 혹은 인간을 대하는 듯한 느낌을 받았으니 말이다.

"……키메라인가?"

"절반쯤은 맞는 말이지."

절반쯤은 맞다는 것은 키메라였다는 것을 의미했고, 그 이전에는 인간이었다는 말일 것이다. 제논은 가볍게 고개를 끄덕이며 그의 옆에 서 있는 창백한 이를 일별한 후 뒤에서 흉흉한 투기를 발산하고 있는 이들을 바라보았다.

"자네가 이끄는 것인가?"

"자네? 자네라……."

제논은 대충 상황을 파악했다. 자신의 앞에 있는 이는 결코 자신과 다르지 않은 과정을 거쳐 온 자라는 것을 느낀 것이었다. 마치 동류의 그것처럼 말이다. 그러하기에 제논의 말투가 약간은 부드러워졌다.

"나 또한 자네와 비슷한 경험을 한 것 같으니까."

"나와 비슷한 경험이라……. 패트리아스 백작 가문 역시 자네만 남았다는 말이로군."

"그렇지."

제논의 인정에 오크의 얼굴이 씰룩거렸다. 보통의 사람이라면 그 모습에 진저리를 칠 정도로 흉악했지만 제논은 별 신경 쓰지 않는다는 그런 표정이었다.

"자네의 가족도 자네가 보는 앞에서 실험당하고 해부당했나?"

"아니."

"하면, 나와 다르군."

"대신 나는 15년이라는 긴 시간 동안 기억을 잃어야 했고, 그들의 실험체로 혹은 그들의 꼭두각시로 살았지."

"그런가? 조금은 잔인하군."

어쩌면 자신보다 패트리아스 백작이 더 잔인한 삶을 살았을지도 몰랐다. 가문이 멸문한지도 몰랐으며, 자신의 가족이 어떻게 죽었는지, 혹은 어떻게 되었는지 전혀 모른 채 그들이 시키는 대로 충성스럽게 개처럼 발을 핥은 상황이라면 말이다.

"소개하지. 제레미 더글라스 후작이네. 나만 살아남았지."

"제논 패트리아스 백작이네. 나 역시 나만 살아남았지."

제논의 말에 더글라스 후작은 큼지막한 이를 드러내며 웃었다.

"그런가?"

"하나, 그전에……."

담담한 제논의 태도에 누런 이를 드러내며 웃던 더글라스 후작이 정색을 하며 입을 열었다.

"자네의 실력을 점검해 보고 싶군."

"무엇을 위해서?"

"전쟁을 위해서 혹은 복수를 위해서."

"괜찮군."

제논은 몸을 비스듬하게 틀었다. 그리고 그의 어깨에 걸쳐 있던 창의 끝을 잡고 창두를 바닥에 두었다. 어떠한 틈조차 허용하지 않는 제논의 모습이었다.

'빈틈이 없다. 하나, 지극히 자연스럽다.'

더글라스 후작의 얼굴이 씰룩거렸다. 단 한순간에 모든 것이 바뀌었다. 너무 자연스럽게 자세를 취하는 제논의 모습에 결코 녹록치 않은 경험과 실력이 녹아 있었기 때문이었다.

"병력을 뒤로 물려."

더글라스 후작 역시 등 뒤에 메어져 있던 거대한 배틀 엑스를 손아귀에 쥐며 옆에 있던 스톡스 자작에게 말을 했다. 스톡스 자작은 그의 말에 뒤로 물러났다.

스톡스 자작은 전투적인 본능으로 지금 둘의 대련이 결코 일반적인 기사들이 겨루는 그런 대련이 아님을 알 수 있었다. 가까이 있다면 자신들조차 휘말려 죽음에 이를 수 있음을 느끼고 있었다.

부웅! 붕!

더글라스 후작은 뒤를 돌아보지도 않고 자신의 거대한 배틀 엑스를 풍차 돌리듯 빙글빙글 돌렸다. 워낙 거대한 중병기라서인지 단순히 돌리는 행동임에도 불구하고 중후한 바람 소리를 일으켰다.

그러한 그의 모습은 마치 고대의 타이탄 족을 보는 것 같았다. 3미터에 이르는 거대한 체구. 그 체구와 걸맞은 바위를 연상시키듯 세심하게 조각되어 있는 근육은 보는 이에게 절로 경각심을 가지게 할 정도였다.

그러한 더글라스 후작의 근육이 꿈틀거리기 시작했다. 그 근육은 어느새 긴장하고 있었다. 어떠한 행동도 하지 않고 그저 몇 번 거대한 배틀 엑스를 돌렸을 뿐인데도 근육 사이사이로 땀방울이 흘러내리기 시작했다.

아주 작은 행동임에도 불구하고 전투에 돌입하자 최적의 몸 상태가 되어버린 더글라스 후작이었다. 여타의 인물이라면 경이로운 눈으로 그를 바라보았겠으나, 이미 스웬슨이라는 괴물을 곁에 두고 있는 제논에게는 그저 그런 모습일 뿐이었다.

그러한 제논의 표정은 더글라스 후작에게 있어서 상당히 재미있는 반응이었다. 이끌고 있는 키메라들마저 자신의 이러한 모습에 두려움에 젖을 정도이거늘 그저 평범한 사람을 보듯 자신을 보고 있는 제논의 모습이 이채로웠던 것이다.

"그냥 소문만은 아니라는 말이로군."

"확인해 보면 알겠지."

으르렁거리는 더글라스 후작의 말에 담담하게 답을 하는 제논이었다. 하지만 그 말이 오히려 더글라스 후작의 투기를 더욱 격발시키고 있었다. 마치 자신을 도발하는 것 같은 제논의 모습이었다.

"크하앗! 죽엇!"

더글라스 후작은 갑작스럽게 폭발적으로 앞을 향해 쏘아져 나갔다. 그 거대한 체구가 어찌 저렇게 날렵할 수 있는지 의문이 들 정도로 빠른 움직임이었다.

상상을 초월하는 그런 빠름. 어느새 그러한 더글라스 후작의 거대한 배틀 엑스는 마치 대지를 양단하고야 말겠다는 듯이 제논의 머리 위에서 찍어 내려오고 있었다.

그때 느릿하게 제논의 창이 들어올려졌다. 막지 못할 것 같았다. 극명하게 빠른 더글라스 후작의 배틀 엑스에 비해 제논의 창은 너무 극단적으로 느렸기 때문이었다.

하지만 아니었다.

치이이잉!

무언가 엇나가며 쇠와 쇠가 스쳐 지나가는 듯한 소리가 들려왔다. 제논과 더글라스 후작은 마나를 사용하지 않았다. 누가 보기에는 마치 상대를 죽일 듯 배틀 엑스와 창을 놀리고 있지만 그들은 정작 이것은 대련일 뿐이었기 때문이었다.

그들은 첫눈에 자신들이 동류라는 것을 알고 있었다. 또한, 자신들과 같은 동류의 존재가 많지 않다는 것 역시 직감적으로 알고 있었다. 그러하기에 어떻게 보면 상대 위에 군림하기보다는 동료로서 같은 길을 가고자 했다.

키메라로 인간에서 몬스터로 개조되었으나 이성을 가진 존재들. 그러한 존재가 과연 이 세상에 몇이나 있을까? 자신들은 몬스터일까? 아니면 인간일까?

뱀파이어는 명확하게 몬스터였다. 더 심층적으로 분석한다면 유사 종족이라 할 수 있었다. 뱀파이어, 라이칸 슬로프 모두가 유상 종족이라 할 수 있었다. 왜 그들이 중심이 되지 않느냐고 묻는 이가 있을 것이다.

그에 대한 답은 이 세상에 살아가는 수많은 종족 중 가장 많은 종족의 수를 가지고 있으며, 문화를 영위하고 있기 때문이라 할 수 있을 것이다. 종족의 수를 따지자면 오히려 오크가 인간보다 많을 것이나, 그들을 세상의 중심이라 하지 않는 것은 중심을 이루는 가장 보편적인 문화가 없기 때문이었다.

뱀파이어 역시 마찬가지고 과거의 잊혀진 존재라 일컬어 지는 엘프나 드워프 또는 노움 역시 마찬가지였다. 그들이 존 재할 수도 있다. 뱀파이어나 라이칸 슬로프가 존재하니 말이 다.

하나, 그들이 이 세상의 중심이 되지 못하는 것은 그들의 문화가 아무리 대단하다 할지라도 이 세상을 움직이는 보편 적인 문화가 아니기 때문이었다. 그래서 인간이 중심이 되는 것이다.

그래서 그들이 유사 인류인 것이다. 그런데 자신들은 도대 체 무슨 종족이라 불러야 할 것인가? 자신들은 인간이었다. 인간의 문화를 알고 익히고 있으며, 인간의 이성과 생각을 가 지고 있었다.

하나 자신은 오크의 모습이었다. 거대한 변종 오크 말이 다. 엘더 오크라 불리지만 엘더 오크나 일반 오크나 오크는 오크일 뿐이었다. 더글라스 후작의 배틀 엑스에는 그러한 감 정이 담겨져 있었다.

'왜? 도대체 왜? 나여야만 하는가? 다른 이도 많은데 말이 다.'

제논은 더글라스 후작이 배틀 엑스를 받아 넘기며 그런 감정을 느꼈다. 말도 안 되는 소리였지만 분명 잔인하고 징그러운 살소를 짓고 있는 더글라스 후작의 배틀 엑스와 두 눈동자는 그런 의미를 담고 있었다.

콰강! 콰가가강!

둘의 대련은 방원 10미터를 완전히 초토화시키고 있었다. 나무가 부러지고 바위가 박살 났다. 땅거죽이 패이고 솟아올랐으며, 없던 웅덩이가 곳곳에 생겨나고 있었다.

마치 세상을 이 잔인한 세상을 박살이라도 내버릴 듯 미친 듯이 배틀 엑스를 휘두르고 있는 더글라스 후작이었다. 그는 정말 미친 듯이 휘둘렀다. 과연 그의 앞에 제논이라는 존재가 있는지조차 망각하고 있는 것처럼 휘둘렀다.

"우와아악!"

소리를 질렀다. 가슴속 깊은 곳에서 터져 나오는 미칠 듯한 광란의 외침이었다. 아니, 외침이라기보다는 지금의 현실에 대한 비명이라고 해야 할 것이다. 겉으로는 그저 아무렇지도 않다는 듯이 행동했으나 그의 마음속 깊은 곳에서는 그것을 부정하고 있었다.

오크가 된 자신을 부정하고 있었고, 멸문당한 자신의 가문을 부정하고 있었고, 물밀듯 각인되어 오는 피의 전승을 부정하고 있었다. 아니, 부정하고 싶었던 것일 게다.

도저히 맨 정신으로 부정할 수 없는 이 잔인한 현실에 대해서 말이다. 그러한 과격한 더글라스 후작의 모든 것을 담담하게 받아내고 있는 제논이었다. 제논 역시 그러했으니까.

자신도 그랬으니까. 현실이 너무 힘들고 고달팠으니까. 그때 만약 자신을 감당할 수 있는 누군가가 있었다면 더글라스 후작처럼 미친 듯이 행동했으리라. 그것을 혼자 삭이는 것은 현실보다 더 혹독했음을 아니까.

"후욱! 후욱!"

이상했다. 이럴 수는 없었다. 자신이 이렇게도 빨리 지치다니. 천 명 혹은 만 명의 적을 상대한다 하더라도 절대 지치지 않는 자신이었다. 그런데 왜 이리 힘이 드는 건가?

더글라스 후작은 잠시 호흡을 가다듬으며 자신의 앞에 있는 자를 바라보았다. 그는 제논 패트리아스 백작이었다. 과거의 영광을 재현하고 있는. 하지만 대부분은 그것을 그저 말뿐이라고 생각하고 있었다.

과거 패트리아스 백작 가문의 모든 진전을 이어받았다 해도 절대 자신의 상대가 되지 못함을 더글라스 후작은 잘 안다. 하지만 지금 자신의 앞에 있는 패트리아스 후작은 자신을 마치 어린아이 다루듯 다루고 있었다.

이상하게 가슴속 깊은 곳에서 정체 모를 무엇인가가 끓어오르고 있었다. 마치 화산처럼 붉은 분노를 뿜어내 주변의 모든 것을 초토화시키는 것처럼 말이다.

가슴이 쉽게 진정되지 않았다. 거듭 호흡을 가다듬었다.

'진정하자, 진정해!'

더글라스 후작은 스스로를 가다듬었다. 이것이 생사를 가를 전투는 아니지만 그렇다고 해서 자신의 눈앞에 있는 자에게 패한다는 것은 있을 수 없었다. 얼마나 강대한 힘인가?

오크의 투지와 오우거의 근육이라니. 거기에 뱀파이어에 의해 강제로 주입된 피의 전승은 또 어떠한가? 비록 인간에서 괴물인 몬스터가 되었지만 그렇다면 또 어떤가?

이미 자신은 이 세상에서 없는 존재 아니던가? 그래서 더욱 다행이었다. 자신을 알아볼 그 누구도 없음에 말이다. 하지만! 하지만 말이다. 자신은 여전히 인간의 생각을 가지고 있었다.

그래서!

그래서 자신은 활화산이 터지듯 미친 듯이 날뛰고 있었던 것이다. 미친 듯이. 마치 생사의 대적을 만난 듯이. 더글라스 후작은 깨달을 수 있었다. 자신은 자신의 고통을 받아줄 자신의 고통을 표현할 어떤 누구를 혹은 방법을 찾고 있었던 것이다.

겉으로는 담담하고 아닌 척했다. 하나, 아니었다. 자신의 이성은 여전히 인간이었고, 인간으로서 복수를 다짐했고, 인간으로서 분노했으며, 인간으로서 살아가고 싶었던 것이다.

'나는 아직 인간인가?'

이것이었다.

이것이 지금 더글라스 후작을 답답하게 만들고 있는 것이었다. 몬스터가 되어버렸음에도 불구하고 여전히 인간이기를 바라는 자신. 그럼에도 불구하고 인간은 자신을 인간으로 보지 않는다는 것.

"크아아악!"

더글라스 후작은 마치 속에 있는 모든 것을 토해내듯 커다란 외침을 내지르며 다시 제논을 향해 쇄도했다. 방식은 없었다. 그저 전신의 힘을 쥐어짜 미친 듯이 위에서 아래로 내리찍을 뿐이었다.

쾅! 콰앙! 쾅!

3미터의 거대한 체구에서 온 힘을 짜 내어 위에서 아래로 내리찍었다. 자신이 가지고 있는 배틀 엑스의 손잡이보다 얇은 가느다란 창 하나로 그 모든 공격을 막아내고 있는 제논의 모습이었다.

한편으로는 경이로웠다. 체구의 차이와 힘의 차이를 완벽하게 극복해 내고 방어하고 있음에도 불구하고 오히려 압도하고 있는 듯한 제논의 모습은 말이다.

수없이 자신의 거대한 배틀 엑스를 내리치는 동안 더글라스 후작은 조금씩 깨달을 수 있었다. 자신의 분노가 서서히 가라앉기 시작하고 있다는 것을 말이다.

이상한 일이었다. 대화라고는 대련에 돌입하기 전 짧게 주고받은 것이 전부였다. 그 이후에는 어떠한 대화조차 없었다. 그런데 가슴 한쪽에서 답답하게 짓누르고 있던 것이 녹아가는 것이 느껴졌다.

시원함? 맞다. 그 감각은 바로 시원함이었다. 무언가 목 속에 잔뜩 끼어 있던 먼지 덩어리가 녹아서 사라지는 듯한 그런 느낌이었다. 처음에는 전혀 느끼지 못했으나 그 느낌은 점차 커져 이제는 마치 전신으로 빠르게 퍼지며 짜릿한 느낌으로 되돌아오고 있었다.

"크하하하! 좋구나!"

마침내 더글라스 후작은 커다랗게 웃었다. 그리고 그의 입에서 흘러나온 말은 좋다는 것이다. 좋았다. 지금의 상황이 너무나도 좋았다. 마치 풀지 못한 근원적인 문제에 대한 해답을 찾은 듯이 말이다.

콰차자자장! 콰화아악!

그와 함께 둘은 서로 격렬하게 부딪히고 무언가 부서지는 듯한 소리와 눈부신 섬광을 마지막으로 서로 거리를 두고 갈라섰다. 둘은 서로를 바라보았다. 말없이 그저 바라볼 뿐이었다.

"아직인가?"

제논이 물었다.

"갑증은 풀었다."

자신이 가지고 있던 문제를 어느 정도 해결했다는 말일 것이다. 하나, 그는 아직 한 가지 혹은 몇 가지가 더 남았다는 듯이 말을 하고 있었다.

"승부는 아직이다."

그렇다. 더글라스 후작은 승부를 보고자 했다. 승부. 서열을 정하고자 함이었다. 물론, 한 번의 접전으로 그 수준이 명확하게 드러났음에도 불구하고 더글라스 후작이 이리 말한 것은 어찌 보면 억지 같은 것이었다.

승부는 이미 갈라졌기 때문이었다. 그것은 더글라스 후작이 더 잘 알고 있었다. 어느 누구도 감히 자신의 배틀 엑스를 감당하기 힘들었다. 그런데 자신의 가슴 어림밖에 오지 않는 패트리아스 백작은 아무렇지도 않게 자신의 배틀 엑스를 받아내고 있었다.

아니, 오히려 자신의 속에 맺힌 응어리를 마치 잘 알기라도 하듯이 그것을 풀어보라는 듯이 자신을 상대했다. 분노에 점철된 자신의 공격은 결코 아무렇지도 않게 받아낼 수 있는 성질의 것이 아니었음에도 불구하고 말이다.

"의미 없다."

제논은 수평으로 내밀어져 있던 창을 거두며 말을 했다. 그런 제논의 말에 눈가를 씰룩이는 더글라스 후작이었다. 그 행동이 어찌나 오만하던지 어찌 보면 자신을 무시하는 것 같아 보였기 때문이었다.

"나에게는 스웬슨 패트리아스라는 의동생이 있다."

"……?"

뜬금없이 의동생 이야기를 하는 제논이었다. 그에 더글라스 후작은 잠깐이나마 의혹에 찬 얼굴을 할 수밖에 없었다. 지금 이 상황에 전혀 어울리지 않는 제논의 말이었기 때문이었다.

"그놈은 정령사지. 그것도 상급의 대지의 정령사. 한데, 놈의 체구가 자네와 엇비슷하더군. 생긴 것은 물론 자네보다 내 의동생이 백배는 잘생겼네. 자네같이 아래에서 위로 솟아난 덧니는 없거든."

피식.

제논의 갑작스러운 말에 더글라스 후작은 실없다는 듯이 웃어버렸다. 이 무슨 되지도 않은 수작인가? 그런데 이상하게 마음이 편안해졌다. 모든 것을 풀어서인가?

아니면 평생 동안 자신이 넘어서야 할 적수이기는 하지만 그 적수에게 오히려 더 큰 위안을 삼고 있는 것인지도 몰랐다. 하지만 호기심이 동하는 것은 감출 수 없었다.

"호오~ 나와 비슷한 자가 있다?"

"아니, 비슷하지 않다. 그는 오롯하게 인간이니까."

제논의 말에 살짝 인상을 찌푸리는 더글라스 후작이었다. 하지만 이내 어깨를 으쓱해 보일 뿐이었다. 인정하고 들어갔다. 자신이 괴물이라는 것을. 스톡스 자작의 말처럼 자신은 엘더 오크니까.

"그렇군. 그래. 하지만 아직 자네와 나는 할 말이 상당히 많을 것 같군."

묘하게 동질감을 느끼게 하는 제논의 모습. 그에 더글라스 후작은 조금 더 그를 알고 싶었다. 다른 이들의 입을 통해서가 아닌 오직 본인의 입을 통해서 직접 듣고 싶었다.

그에 제논은 주변을 한 번 훑어보았다. 자신과 더글라스 후작의 대련으로 인해 나무로 빽빽하게 들어서 있던 곳이 마치 평지처럼 고즈넉하게 변해 있었다.

그리고 저 멀리에서는 아직도 가까이 접근하지 못하고 있는 키메라와 그들을 인솔하고 있는 한 명이 뱀파이어가 있었다. 그들을 제외하고 널브러진 폐허를 제외하면 그다지 나쁘지 않은 대화 장소였다.

제논은 말없이 한곳으로 걸어갔다. 반듯하게 잘려진 나무 그루터기였다. 마나를 사용하지 않았음에도 불구하고 마치 마나를 사용한 것처럼 반듯하게 잘려 나간 그런 그루터기.

제논은 그곳에 털썩 주저앉았다. 그런 제논의 행동을 물끄러미 바라보고 있는 더글라스 후작이었다. 제논이 그를 보고 턱짓으로 맞은편에 앉으라는 듯 표현을 했다.

더글라스 후작은 말없이 제논의 맞은편으로 가서 앉았다. 그때 둘의 무지막지한 대련에 멀찌감치 떨어져 있던 스톡스 자작이 다가와 그들 사이에 있는 깨지듯 잘려 나간 나무 밑동을 가볍게 잘라내고 그 위에 다기를 내려놓았다.

잠깐의 시간 동안 둘 사이에는 김이 모락모락 나는 찻잔이 놓여졌다. 그리고 스톡스 자작은 다시 자리를 벗어나 떨어져 둘을 지켜보았다.

제논은 말없이 자신이 앞에 놓인 찻잔을 들어 입으로 가져가 차향을 맛보았다.

"이런 곳에 차를 대접받을 줄은 몰랐군."

"나에게는 꽤 과분한 집사지."

제논이 차를 음미하는 반면에 더글라스 후작은 차를 전혀 쳐다보지도 않았다. 그의 시선은 여전히 제논에게로 고정되어 있었다. 그의 시선을 느꼈음인가? 제논은 찻잔을 서서히 내려놓으며 입을 열었다.

"보자… 어디서부터 말을 꺼내야 할까? 그래. 그때부터가 좋겠군. 그러니까 말이지……."

그렇게 제논은 그 누구에게도 꺼내지 않았던 자신만의 삶을 이야기하기 시작했다. 바로 자신의 가문이 멸문하기 시작한 날부터 시작된 아주 길고도 길며 지극히도 고통스러운 과거를 말이다.

그리고 그의 이야기는 결코 짧은 시간에 함축해서 할 수 있는 그런 종류의 삶이 아니었다. 그러하기에 한쪽은 말을 하고 한쪽은 그저 말없이 듣는 상황이 상당히 오랫동안 지속되고 있었다.

그러한 그들을 향해 한가로운 오후의 햇볕이 따스하게 내리비치고 있었다. 물론 늦가을의 따스함이 대체 얼마나 따스할지는 모르겠으나, 이미 인간의 범주를 벗어난 그들이기에 어쩌면 따뜻할지도 몰랐다.

따스한 햇볕은 어느 곳에서는 그저 을씨년스러움으로 다가가는지도 모를 일이었다. 을씨년스러움은 아닐지라도 그저 귀찮음의 하나일 수도 있었다.

그리고 지금 까마득한 하늘 높은 곳에서 지산을 내려다보는 일남일녀의 경우가 바로 그러한 경우에 속할지도 몰랐다.

일남은 뱀파이어 퀸의 그림자인 제이슨 카디날리였으며 일녀는 뱀파이어 퀸인 에르체르트 바토리였다. 그리고 뱀파이어 일족 중에서 지고의 위치에 올라 있는 둘이 내려다보고 있는 곳은 패트리아스 백작 영지의 영주 성이었다.

"저곳인가?"

"그렇습니다. 퀸이시여."

"어떠하던가?"

"……."

퀸의 물음 참으로 난해했다. 무엇이 어떠하다는 것인가? 도대체 무슨 답을 내어야 그녀의 질문에, 아니, 그녀의 마음에 흡족한 답을 할 수 있을 것인가? 하지만 상대는 바로 그녀의 그림자인 제이슨 카디날리였다.

"만야 그녀가 퀸의 은총을 받는다면 충분히 퀸의 뒤를 이을 재목이라 판단됩니다."

"이유는?"

마치 그 대답을 예상이나 했다는 듯이 다시 묻는 퀸이었다.

"그녀는 이미 모든 것을 거부할 만큼 대단한 자존심을 가진 존재이며, 뛰어난 재지로 인해 이미 7서클 이상의 마법을 익히고 있습니다. 또한……."

"또한?"

말을 흐리는 제이슨의 행동에 살짝 눈꼬리가 치켜 올라가는 퀸이었다. 무언가 걸리는 것이 있다는 말인지 아니면 마뜩치 않은 것이 있을지 몰랐다.

"……그녀는 제논 패트리아스 백작을 사랑함이 분명합니다."

제이슨이 어렵게 입을 열자 퀸이 얼굴이 화사하게 변하기 시작했다. 그녀의 동공은 번들거렸고, 날카로운 송곳니가 드러나며 마치 재미난 먹잇감을 발견했다는 듯한 그런 표정이 지어졌다.

제이슨은 이것을 우려했다. 그녀는 사랑을 혐오한다. 그녀의 인간일 적의 삶은 배신의 연속이었다. 그중 그녀가 처녀의 피로 목욕을 하고 처녀의 피를 마시며, 젊음을 숭배한 행위는 바로 그녀의 사랑에 대한 배신에 의한 것이었음이니 말이다.

그래서 그녀는 사랑을 증오하며 혐오했다. 지독히도 싫어했다. 그녀는 질투와 증오의 그리고 타락의 뱀파이어 퀸이었다. 지금 그녀가 자신의 후계로 낙점한 크리스티나는 모든 면에서 그녀의 마음에 흡족했으나 하나가 부족했다.

바로 뱀파이어 퀸의 증오와 타락 혹은 질투를 이어받을 수 없었다. 그녀는 욕망에 의해 움직였다. 자신만의 욕망에 의해서 말이다.

이것이 지금 뱀파이어 퀸의 심정을 묘하게 자극시키고 있었다. 욕망이란 모든 것의 시작과 끝이라 할 수 있었다. 이제 진혈에 진입한 풋내기 뱀파이어가 자신의 모든 것을 포용할 수 있다니 말이다.

그것은 질투였고, 증오였다. 그녀의 증오는 사랑에만 국한된 것이 아니었다. 저리도 아름답고 달콤한 얼굴 속에 그녀는 모든 것을 증오하고 질투하고 있었다.

사랑받지 못함에 그녀는 모든 것을 증오하고 질투하며 이간했고, 타락시켰다. 그것이 지금의 뱀파이어 퀸인 에르체르트 바토리가 존재하는 이유라 할 수 있었다.

그런데 목표한 대상이 사랑을 하고 있다 했다. 그에 뱀파이어 퀸의 눈빛이 달라졌다. 그녀는 그러한 이들을 뱀파이어로 만들지 않았다. 그러한 이들은 그녀의 유희의 대상이 되었기 때문이었다.

"그래… 그렇구나. 나는 저 밝은 태양이 싫다. 그러니 내가 좋아하는 달 아래에서 그녀를 만나보고 싶구나."

마치 속삭이듯 말을 하는 뱀파이어 퀸 에르체르트 바토리였다. 그리고 그녀가 움직였다. 미끄러지듯 움직이는 그녀를 착잡하게 바라보는 그녀의 그림자 제이슨 카디날리였다.

스르르.

하나, 그의 그런 표정은 오래가지 않았다. 그녀가 사라지기 전 그녀의 그림자 속으로 스며드는 그였다. 그녀의 그림자가 되어서라도 평생 동안 그녀에게 남고 싶어 하는 제이슨 카디날리였다.

하나의 행운이 다가옴에 하나의 불행의 씨앗이 날아왔다. 행복과 불행은 결코 따로 오지 않음을 증명이라도 하듯이 말이다. 그러는 동안 날은 어두워지고 있었다.

점점 낮의 길이가 짧아지고 밤이 길어지고 있는 상황이라는 뜻이고 혹독함이 다가오는 시기라 할 수 있었다. 인간에게든 혹은 몬스터에게든 밤의 혹독함은 상상 이상이라 할 것이다.

짧아진 낮의 길이만큼이 빠르게 다가온 차가운 어둠.

캔트주에서 복귀한 클라렌스는 바쁘게 움직였다. 그만큼 처리 할 일이 많았기 때문이었다. 그러한 도중 그녀는 무언가 자신의 전신을 엄습하는 어둠을 느끼고 있었다.

'무언가? 이 답답함은.'

그녀를 엄습하는 답답함. 그것은 바로 어둠이었다. 그녀는 어느새 찾아온 어둠 속에서 삐죽하게 고개를 내밀고 있는 둥근 달을 바라보았다. 그리고 그녀는 혼잣말을 내뱉었다.

"손님이런가?"

독백과 함께 그녀의 입가에는 가늘고 차가운 미소가 그어졌다. 그와 동시에 그녀의 모습이 마치 신기루가 사라지듯 서서히 사라져 갔다.

그녀가 나타난 곳은 달이 환하게 밝히고 있는 영주 성의 첨탑이었다.

늦가을의 차가운 바람이 그녀의 옷깃을 스치고 지나갔다. 어쩐지 오늘 밤의 바람은 지독히도 스산한 것 같았다.

"왔으면 모습을 보이는 것이 예의 아닌가?"

그녀의 입에서 뾰족하지만 담담한 목소리가 흘러나왔다. 그녀는 시선은 어디에도 두지 않고 그저 하늘에 떠 있는 둥근 달을 향해 있었다. 오늘따라 더욱더 커 보이는 보름달이었다.

그녀의 목소리와 함께 보름달이 움직였다. 아니, 그렇게 보였다. 그리고 그 보름달에서 두 명이 걸어 나오고 있었다.

일남 일녀.

뱀파이어 퀸 에르체르트 바토리와 그녀의 그림자 제이슨 카디날리였다.

"반갑다. 크리스티나 헤밀턴의 동생인 클라렌스 프라네리온이여!"

일녀의 말에 클라렌스는 눈살을 찌푸렸다. 상대는 자신을 잘 알고 있었다. 하나, 자신은 그녀와 그녀를 따르는 듯 보이는 한 명의 사내에 대해서 전혀 모르고 있었다.

"아쉽지만 본작은 그대를 본 적이 없군."

클라렌스의 날 선 대응에 달콤한 미소를 지어 보이는 퀸이었다. 기분이 상당히 좋았다. 자신은 상대의 모든 것을 알고 있는데 상대는 자신에 대해 전혀 모르고 있었다.

두려움 혹은 의문이 점철되어 자신을 바라보는 인간의 눈빛이란 즐겁기 짝이 없는 것이었다.

"본작이 알 수 있는 것은 그대가 뱀파이어라는 것일 뿐."

클라렌스 그녀의 음성에는 잔뜩 경계의 목소리가 담겨져

있었다. 지금껏 느껴보지 못한 강대한 힘이 퀸에게서 느껴지기 때문이었다. 자신의 언니나 아버지를 만났을 때에도 느껴보지 못했던 그런 유의 느낌이었다.

"오오~ 내가 실수했군. 본녀는 모든 밤의 일족의 어머니라 불리는 뱀파이어 퀸 에르체르트 바로티라 하지."

그 말을 하고 퀸은 그윽하게 클라렌스의 눈동자를 직시했다. 그녀의 반응을 지켜보고자 함이었다. 이런 상항을 지극히도 즐기는 그녀였다.

퀸의 눈동자에는 인간의 심연을 건드리는 무엇이 있었다. 인간의 원초적인 본능을 건드리는 그 무엇 말이다. 식욕과 성욕을 건드리고 폭발시켜 이성 깊숙이 잠재해 있는 욕망을 드러내게 하는 것이었다.

그러한 퀸의 눈동자는 클라렌스의 눈동자 깊숙이 빨려 들어 그녀의 심연을 건드렸다. 그런데 무언가 다른 느낌이 들었다. 인간이 가지고 있어야 할 욕망 대신 강대한 무언가가 클라렌스의 심연 깊숙한 곳에 존재하고 있었다.

퀸은 호기심이 일었다.

'호오~ 대체 뭐지?'

퀸은 점점 클라렌스의 심연 깊은 곳으로 다가가고 있었다. 처음엔 그저 호기심이었다. 어찌 인간의 정신 깊숙한 곳에 그 누구도 알지 못하는 깊고 깊은 심연이 존재하는지 말이다.

그래서 그 심연 깊은 곳으로 다가갔다. 심연은 깊고도 깊었다. 말도 할 수 없을 정도로 깊었다. 그런데 어느 순간. 이제는 자신의 의지대로 심연을 향하는 것이 아닌 자신도 모르게 끌려가고 있었다.

'이, 이게 뭐지?'

당황스럽고 자존심이 상했다. 고작 인간의 깊고 깊은 심연 속에서 자신이 헤맨다는 것이 말이다. 당황스러움보다는 자존심이 더 상했다. 그래서 허리를 꼿꼿하게 세우고 턱을 당기며 눈을 치켜뜬 채 그 심연 곁으로 당당하게 걸어가려 했다.

하나 조금씩 퀸은 무너지고 있었다.

'아. 안 돼! 안 돼~'

퀸의 눈동자가 커지고 두 팔은 치켜들어 마치 자신을 향해 덮쳐오는 무언가를 막는 듯이 움츠려 들었고, 그녀의 전신은 공포에 휩싸이고 있었다. 이것은 공포였다.

아주 원초적인 공포 말이다. 인간이었을 적에도, 밤의 일족인 뱀파이어 퀸의 자리에 올랐을 때도, 그리고 지금껏 영생을 누리며 살아오면서도 절대 느끼지 못했던 그런 것 말이다.

퀸은 사시나무 떨듯 떨고 있었다. 그녀는 이제 벗어나려 하고 있었고, 그 깊고 깊은 심연은 마치 그녀를 장난감처럼 가지고 놀며 끌어들이고 있었다. 더할 수 없는 깊은 곳에 도착했을 때 퀸의 눈동자에 거대한 무언가가 잡혔다.

'……비늘?'

비늘이었다. 파충류에게나 존재하는 그런 비늘이었다. 그런데 그 크기가 보통의 파충류와는 달랐다. 고대의 몬스터인 드레이크나 혹은 와이번과는 비교조차 할 수 없는 그런 비늘이었다.

'그리고… 눈? 인가?'

퀸은 애써 정신을 가다듬었다. 수백 년을 살아온 그녀로서 결코 벗어날 수 없는 상황임에도 불구하고도 그녀는 묘한 호기심을 느끼고 있었다. 공포와 호기심이 어우러지고 있었다.

무서우면서도 꼭 확인을 해보고야 말겠다는 의지가 돋아나고 있었다. 그녀의 호기심을 일깨우는 곳에는 거대한 파충류의 눈이었다. 눈 하나로만 그녀보다 수십 배를 상회할 듯한 크기였다.

멀리서 보기에도 거대했던 그 비늘에 점점 가까이 다가갈수록 그녀는 깨달을 수 있었다.

'이것은 눈이다. 진정 거대한……'

그것을 깨달았을 때 거대하고 마치 검은 강철을 연상시키던 비늘이 떠지기 시작했다. 아니, 그렇게 느꼈다. 순간 퀸은 그 자리에서 얼어붙고 말았다. 세상의 모든 종족에 우선하는 종족.

이미 사라진 종족.

'드… 래… 곤!'

『넘버세븐』 9권에 계속…

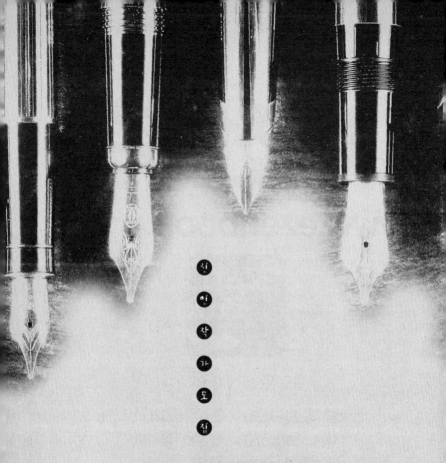

백미가 新무협 판타지 소설

FANTASTIC ORIENTAL HEROES

천선지가

불의의 사고로 죽은 청년 이강
그를 기다린 것은 무림이었다!

어느 날
그에게 찾아온 운명,
천선지사.

각인 능력과 이 시대엔 알지 못한 지식으로
전생에서 이루지 못한 의원의 꿈을 이루다!

『천선지가』

하늘에 닿은 그의 행보가 시작된다!

FUSION FANTASTIC STORY
건(建) 장편 소설

컨트롤러

Controller

세상에게 당한 슬픔,
약자를 위해 정의가 되리라!

『컨트롤러』

부모님의 억울한 죽음.
더러운 세상에 희롱당해
무참히 희생당한 고통에 분노한다!

"독하게… 살아가리라!"

우연한 기회를 통해 받은 다른 차원의 힘.
억울함에 사무친 현성의 새로운 무기가 된다.

냉정한 이 세상을 한탄하며,
힘조차 없는 약자를 대변하고자
내가 새로운 정의로 나서겠다!

검자 **新무협 판타지 소설**
FANTASTIC ORIENTAL HEROES

목탁

해적으로 바다를 누비던 청년,
절해고도에 표류해… 절대고수를 만나다!

"목탁은 중생을 구제하는
좋은 이름일세"

더 이상 조무래기 해적은 없다!
거칠지만 다정하고, 가슴속 뜨거운 것을 품은

목탁의 호호탕탕 강호행에
무림이 요동친다!

Book Publishing CHUNGEORAM